如夢的一年

Year of the Monkey

Patti Smith

佩蒂・史密斯

何穎怡——譯

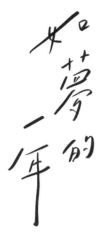

人類愚行遍世界。

——安托南·阿爾托

目次

在西部

Way Out West

每天早上，我會用錫壺煮咖啡，吃點豆子與蛋，讀讀地方新聞。這是我的「折衝區」。無規則。無變化。但是世事到頭來都會有變化，世界就是如此。

車停「夢汽車旅館」，早過午夜，我付錢給司機，確保沒遺落東西，按鈴叫醒業主。她說，快淩晨三點了，遞了鑰匙與一瓶礦泉水給我。我的房間在最底層，面對長長的碼頭。我打開落地窗，聽見海浪，趴在棧道下方甲板的海獅傳來模糊叫聲。我大喊，新年快樂！變大變圓的月亮，新年快樂！與我傳心的大海，新年快樂！

從舊金山至此約莫一個多小時車程。我本來很清醒，突然疲憊不堪。脫下大衣，落地窗留條縫，聆聽海浪，卻彷彿立刻熟睡。我倏地驚醒，進入廁所，刷牙，脫靴，上床。或許我只是作夢了。

新年早晨的聖塔克魯茲一片死寂。我早餐突然想吃黑咖啡配玉米蔥粥。這裡應該沒有此種飲食，一盤火腿雞蛋也可。我抓起相機，走下坡，前往碼頭。原本半隱於高瘦棕櫚樹後的招牌整個現身，我突然明白這根本不是一家汽車旅館。招牌寫「**夢客棧**」，上面還有令人回想**史普尼克**

夢客棧，聖塔克魯茲

人造衛星時代的星爆。我駐足欣賞，拍了一張拍立得，撕下照片，放入口袋。

我對著空氣也對著招牌說：「謝謝你，『夢汽車旅館』。」招牌大叫：「是『夢客棧』！」

「呃，對不起。」我嚇了一跳，卻很確定不是作夢。

「是嗎？沒事！」

「沒事！」

我不禁覺得像是愛麗絲，被吸水菸筒的毛毛蟲詰問。我低頭望腳，躲避招牌的審視火力。

我打算閃人了，說：「哦，謝謝你的照片。」

我的離去卻被延擱了，因為憑空冒出坦尼爾[1]動畫：站得直挺挺的假海龜。魚僕人與蛙僕人。披著輝煌長袖夾克[2]的渡渡鳥，恐怖的公爵夫人與廚娘，以及愁眉苦臉的愛麗絲，主持沒完沒了的下午茶，哦，敬請原諒，現場沒茶。我不確定這突來的動畫襲擊是自己觸發的，還是「夢客棧」招牌的磁荷對我的禮遇。

「現在呢？」

我大叫：「心理作用！」氣急敗壞，因為插圖動畫以驚人速度倍增。

「甦醒的心靈！」招牌勝利大笑。

我轉身，逃離它的傳送。事實是我有點斜視，經常看見跳躍的影像，多數在右邊。此外，腦袋一旦被完全激活，很容易接收各式信號，我可沒打算對一塊招牌實話實說。

我頑固地回頭喊：「我沒作夢！」衝下火蜥蜴[3]飛舞的小坡。

小坡下，有棟低屋頂建築，玻璃窗上，一呎大的字體橫寫「咖啡」，下方告示寫「**營業中**」。這店既然把大部分窗戶獻給「咖啡」二字，想來咖啡不錯，或許還有撒滿肉桂粉的甜甜圈。我的手才碰到門把，就看到另一個較小的告示懸掛：**打烊**。沒有解釋。沒有**二十分鐘後回來**。咖啡希望破滅，甜甜圈機率為零。我想多數人還因除夕宿醉高臥。你不能埋怨簡餐館元旦不營業。雖說一夜縱飲後，最佳良藥便是咖啡。

喝不到咖啡。我坐在店外長椅，回想昨夜的不順。那是我們在菲爾莫爾[4]三天演出的最後一夜，我正在刷彈 Stratocaster 吉他，一個綁著油膩馬尾的男子靠過來，吐在我的靴子上。這是二〇一五年最後一口氣，迎來新年的嘔吐物。吉兆或厄運？呃，現今世界，誰能分辨？想到此處，我連忙翻找口袋裡的金縷梅紙巾，通常用來擦拭我的相機鏡頭，蹲下，擦抹靴子，跟它們說，新年快樂。

我輕輕閃過招牌，一連串奇怪詞句突然竄出，我搜索口袋裡的鉛筆，想寫下來。**灰鳥盤旋夜濛城市／飄泊草地迷霧妝點／尚未成為神話宮殿的**

叢林／樹葉仍只是樹葉。這是詩人靈感枯竭的徵兆。在飄忽空氣裡強摘靈感，就像尚・考克多（Jean Cocteau）的電影《奧菲斯的遺囑》（*Orpheus*）裡，尚・馬赫（Jean Marais）把自己關在巴黎近郊巴洛克風格車庫，躲在破爛的勞斯萊斯轎車裡，轉開收音機，塗寫紙條——**一滴水一世界，諸如此類**。

回到房間，我找到雀巢咖啡包及小電壺，自己弄咖啡，裹上毯子，打開落地窗，坐在面海小露台。前方雖有矮牆擋住部分視線，但是我有咖啡，能聽海，很滿足了。

然後我想到山帝。他應該在此的，在走廊那頭的某個房間。我們約好菲爾莫爾演唱會之前在舊金山碰頭，幹我們常幹的事：到第里雅斯特[5]喝咖啡、到「城市之光」書店看書，駕車來回金門大橋，聆聽「門戶」樂團（Doors）、華格納、「死之華」樂團（Grateful Dead）。山帝・皮爾曼[6]與我相識逾四十年，能以機關槍速度解析華格納的《指環》或者本杰明．布里頓[7]的重複樂句，我們每次在菲爾莫爾演出，他都到場，穿鬆垮的皮夾克戴棒球帽，窩在帷幕後面靠近演員休息室的老位子喝薑汁汽水。我們計畫除夕夜演唱會後脫隊，徹夜開車穿越濃霧到聖塔克魯茲。「夢汽車旅館」附近有一家他的祕密墨西哥夾餅店，我們要在那兒共進新年午餐。

計畫未能成真，演唱會前一晚，山帝被發現意識不清，獨自倒在聖拉裴爾的停車場，緊急送往馬林郡醫院，腦出血。

演唱會第一天早晨，藍尼[8]與我前往馬林郡醫院加護病房。山帝陷入昏迷，插滿管子，閉鎖於恐怖沉寂裡。我們各站病床一側，發誓我們的心靈絕不與他斷線，保持頻道暢通，隨時攔截接收任何信號。就像山帝說的，不是碎裂的愛，而是滿杯。

我們開車回日本町的旅館，幾乎無法言語。藍尼拿起吉他，我們前往位於連接東西商場空橋的「在橋上」，坐在後面的綠色木桌，仍在震驚狀態。黃色牆面掛了日本漫畫海報，《地獄少女》與《狼雨》，還有一排排貌似平裝小說的漫畫。藍尼點了豬排咖哩跟朝日超爽啤酒，我點了飛魚子義大利麵和烏龍茶。我們吃，靜穆分享清酒，然後步行到菲爾莫爾彩排。我們只能禱告，並在缺少山帝的熱情出席下演出。我們一頭栽入連續三晚的音響回授、詩歌、即興咆哮、政治、搖滾中，猛烈至我難以喘息，好像能藉由音響聯繫山帝。

六十九歲生日早晨，我與藍尼回到醫院。站在山帝病床旁，明知不可能，還是誓言絕不拋棄他。藍尼與我互視，知道我們不可能留下。還有未完的工作與演出，還有人生要過，不管這人生是多麼輕率。我注定要在菲爾莫爾度過沒有他的六十九歲生日。當晚，我在〈如果6是9〉（If 6 Was 9）一曲的器樂獨奏時，短暫背對觀眾，強忍眼淚，連串歌詞疊加歌詞再覆蓋山帝的影像，而隔著一座金門大橋的他依舊昏迷不醒。

結束舊金山的工作，我拋下山帝，獨自前往聖塔克魯茲。我不忍心取消他的房間，坐在後座，靠著絲絨靠枕，他的聲音盤旋我的腦海：**駭客任務**（Matrix）、**獨石柱**（Monolith）、**美杜莎**（Medusa）、**馬克白**（Macbeth）、**金屬製品**（Metallica）[9]、**馬基維利**（Machiavelli）。這是山帝的字母M遊戲，規則可以回溯到伊曼其諾圖書館[10]。

我裹著毯子坐在露台，好像《魔山》（*The Hills Have Eyes*）書裡等候復元的病人，奇怪的頭痛滋生，可能是氣溫驟變，前往櫃檯索取阿斯匹靈。我忘記我的房間不在底樓，而是地下一樓，更靠近海灘的邊緣，迷糊走完漫長昏暗走廊，找不到前往櫃檯的樓梯，決定放棄阿斯匹靈，回房間。我摸索口袋找鑰匙，發現一卷高盧金絲菸盒大小的緊實紗布。我拉開三分之一，期待裡面有給我的訊息，但是沒有，實在不知道它怎麼跑到我的口袋，我捲好紗布，放進口袋，進入房間，打開收音機，妮娜・西蒙在唱〈我對你下咒〉（I Put a Spell on You）[11]。海豹噤聲，我能聽見遠處的浪聲，這是西岸的冬日。我頹倒在床陷入沉睡。

我很確定在「夢汽車旅館」並沒作夢，可是想想，卻明白我的確作夢了。精確地說，我滑行於夢的邊緣。薄暮偽裝成夜晚，又解除偽裝成破曉，從沙漠到海洋，照亮一條我樂意追隨的道路。海鷗嘎叫，海豹入眠，只有那頭看起來更像是海象的首領昂首對太陽咆哮。這兒有一種人跡已杳的氛圍，還是J・G・巴勒德[12]的那種杳。

海灘扔滿糖果紙，數百，甚至數千，像鳥兒脫毛隨處分佈。我彎身檢查，撈一把放進口袋。奶油手巧克力棒（Butterfingers）、花生巧克力嚼棒（Peanut Chews）、三劍客糖果棒（3 Musketeers）、牛奶巧克力棒（Milky Ways）、貝比魯斯巧克力棒（Baby Ruths）。包裝紙全拆開，裡面不見巧克力。海灘無人。也無足跡。只有沙堆半掩的一台手提音響。我忘記帶鑰匙，但是落地窗沒鎖。回到房間，我瞧見自己仍在睡覺，打開窗戶，靜待自己醒來。

即便在嚴密注視下，我的另一個我仍繼續作夢。遇見一個褪色招牌宣告糖果紙現象已經蔓延至聖地牙哥，覆蓋「海洋海灘釣魚碼頭」附近一小塊我很熟悉的海灘。我沿著步道，穿越角度不斷變化的零星廢棄大樓與綿延無盡頭的沼澤。水泥地縫隙冒出細瘦雜木，樹枝似蒼白手臂從死物穿出。等到我抵達海灘，月亮高升，老舊碼頭勾勒成影。太晚了，所有證據已被掃成堆，焚毀，形成長條篝火，散發毒氣卻依然漂亮，糖果紙如人造秋葉捲曲。

夢境邊緣，不斷演化！或者更像外星人造訪，一種預知，如蚊蟲蜂擁而至，黑雲遮蔽了孩童扭屁股騎車之路。現實的界線不斷重組，似乎有

J.G. 巴勒德的那種杳。
加州孟買海灘

必要拼湊出它的地形圖。只需要一點地理想像來鋪陳。書桌抽屜底有幾條OK繃、一張褪色明信片、一截碳筆、一張捲起的描圖紙，簡直是不可思議的好運。我把描圖紙黏在牆上，企圖搞懂這難以釐清的地景，卻只勾勒出碎裂的圖形，充滿孩童尋寶圖的各式不可能邏輯。

鏡子喝斥：用腦。

招牌建議：用心。

我的口袋塞滿糖果紙。掏出來，鋪在桌上，放在那張一九一五年聖地牙哥世博會的明信片旁，勾起我親自前往聖地牙哥「海洋海灘」一探的念頭。

徒勞無功的分析讓我飢腸轆轆。在附近找到一家復古風快餐館「露西」，點了烤起司黑麥麵包、藍莓派與黑咖啡。我後面的卡座有幾個剛踏入青春期的孩子。他們就像一座桌上點唱機，投幣即唱歌，我沒注意他們聊天的內容，卻深受他們的聲音吸引。這些點唱機孩子低聲說話，低鳴逐漸放大成清晰可辨的字。

「不，那是兩個字，形容詞＋名詞的組合。」

「不可能，那是兩個不同字，而非組合字，它們講的是兩個不同東西。一個是形容詞，一個是名詞。」

「一樣啦。」

「不一樣。你剛剛說組合字。它不是組合字。是分開兩個字。」

一個新聲音說：「你們兩個都是笨蛋。」突然一陣靜默。此人顯然頗具權威，因為大家頓時住嘴聆聽。

「那是一個東西。一種形容。一個東西。告訴你們，『糖果紙』是名詞。」

這下引起我的注意。純屬偶然嗎？嗡嗡聲如乾冰霧升起。我拿起帳單，故作悠閒停駐他們的卡座。四個略帶侵略性但是頗酷的書獃子。

我撫平一張糖果紙，問：「你們可知道些什麼？」

「它的『嚼』字拼錯了，S拼成Z。」

「可知道哪裡來的？」

「可能是中國仿冒品。」

「如果你們知道什麼消息，請告訴我。」

他們興味盎然注視我，我收起那張仿冒的「花生巧克力嚼棒」包裝紙。先前，我沒注意到錯誤的Z。收銀台女人正打開一卷銅板，我突然想到忘了留小費，急忙返回卡座。

我在他們的座位前停下，說：「哦，糖果紙百分百是名詞。」

他們急忙起身，掠過我離去，沒留小費。他們背相同背包，藍色，有黃色直線。最後一人離去前瞪了我一眼。他的深色頭髮捲曲，右眼略微游移，有點像我的眼睛。

手機震動。藍尼打電話來報告山帝的狀況，根本沒什麼好報告。依然靜默，需要耐心與祈禱。我漫步進入二手店，忍不住買了一件「死之華」的舊紮染T恤，上面印了傑瑞．賈西亞[13]的臉。店後面兩個小書架擺滿《國家地理雜誌》、史蒂芬．金的小說、電玩和一些CD。我找到幾本舊《聖經考古評論》，一本破損的熱拉爾．德．內瓦爾的《歐蕊禮雅》[14]平裝本。所有東西都很便宜，傑瑞的T恤除外，但是值得，他的笑臉散發化學之愛[15]。

回到房間。很訝異有人取下牆上的圖，捲起來。我把傑瑞的T恤放在枕頭上，跌坐安樂椅閱讀《歐蕊禮雅》，還沒讀完迷人的第一句「**我們的夢是第二生命**」，就短暫陷入夢境。那是個革命夢，法國大革命，年輕人穿蓬鬆的襯衫與皮馬褲，他們的領袖被皮帶綁在厚重門上。一個追隨者上前，穩穩拿著火炬，燒毀重重綑綁。領袖自由了，手腕焦黑起水泡。他呼喚座騎上前，告訴我，他組了一個樂團叫「閃爍名詞」。

我說：「為什麼叫閃爍，光燦比較好。」

「『光燦之馬』樂團已經用了光燦。」

「那何不直接叫名詞？」

領袖說：「名詞，我喜歡。就這麼決定。」

他爬上斑點阿帕盧薩馬，轠繩橫跨手腕時，忍不住眨眼。

我說：「注意傷口啊。」

他有深色捲髮，一隻眼睛眼神游移。朝我點點頭，與手下疾馳遠方草原，中途在湍急水泉駐足汲水，水流裡，拼錯字的糖果紙翻轉如彩色小魚。

我猛然醒來，看時間，倏乎一瞬而已。暈頭脹腦間，我拿起一本

《聖經考古評論》。我一向很喜歡閱讀這刊物，有點像偵探讀物衍生品，總是快要發現阿米拉語文物，或者快找到諾亞方舟遺跡。封面也很吸引人。**死於死海！掃羅王真的毀了伯善的城牆？**我搜索腦海，可以聽到女人唱頌，迎接男人從戰場返回。**掃羅殺死千千。大衛殺死萬萬**[16]。我開抽屜找基甸國際聖經，卻是西班牙語版，此時我想起掃羅被敵人箭傷，故意跌在自己的劍上自裁，省卻被非利士人嘲諷凌遲。

我環顧房間，找點消遣，最後抓起毛毯回到露台，花了好幾分鐘檢查「花生巧克力嚼棒」包裝紙，卻收不到任何訊息。我模糊預感有事要發生。我擔心是錐心事件，青天霹靂，或者更糟，稱不上事件，卻影響深刻。顫抖。我想到山帝。

數小時就這樣溜走，我外出走路，就在旅館附近漫步，經過紀念傑克・歐尼爾（Jack O'Neill）的牌子，這位著名衝浪者發明了一種新型潛水衣。我回想衝浪系列老電影《傑傑》（*Gidget*）的演員，特洛伊·唐納荷有穿潛水衣嗎？月光狗狗[17]有穿嗎？他們真的會衝浪？我避免注視「夢客棧」招牌，突然起風，棕櫚樹彎腰搖擺，一句尚稱節制的傲慢話語迎面襲來。

「我們在作夢，是吧？」

我堅稱：「沒，沒事。」沒夢。沒夢。一切如舊。什麼也沒發生。

招牌突然整個活過來，以各種暗示與誘導性問題刺激我，以作廢的電話號碼混淆我，要求我回答某些唱片的歌曲順序，譬如〈白兔〉（White Rabbit）之前的歌是什麼，或者〈珍女皇，幾乎是〉（Queen Jane Approximately）與〈彷彿拇指湯姆的藍調〉（Just Like Tom Thumb's Blues）兩首間的曲子叫什麼？是什麼來著？哦，〈瘦子之歌〉（Ballad of a Thin Man）[18]。不對，根本不對，光是想到此曲，它的副歌便縈繞不去——有

事要發生，而你不知道是什麼。這可能只是另一種挑釁。不知怎的，該死的招牌無所不知，知道我來自何處，要去哪裡，知道我口袋裡的東西，包括糖果紙、我的一九二二年銀幣、還有一小塊我尚未找到的艾爾斯岩紅土，發現地點是烏魯魯步道，我還沒去[19]。

「妳何時走？要搭很久的飛機，妳知道的。」

我矜驕地說：「你說哪裡？我哪兒也不去。」企圖隱匿旅行念頭。但是那塊雄偉岩石在我的腦海頑強冒頭，像喝醉酒的潛水艇。

「妳要去的，我能預見！一清二楚。到處是紅土。妳只需懂得辨讀跡象。」

我一整個氣急敗壞，追問：「你怎麼可能知道？」

招牌回答：「超凡感應。還有，拜託，烏魯魯是夢世界之都，妳當然會去！」

烏魯魯艾爾斯岩

一對親熱的愛侶經過，就這樣，招牌變回招牌，啞然，堅不可攻。我站在那裡衡量情勢。心想，作夢這碼子事就是你被拖入根本不是懸疑的懸疑，偶發的荒謬觀察與議論無法得致任何有事實依據的結論。完全像愛麗絲與瘋帽客的迷宮玩笑。

另一方面，我想到澳洲荒野中心一探艾爾斯岩的熱切盼望，招牌完全探悉。山姆·薛帕[20]經常提到他的烏魯魯獨行，以及哪天我們可以同往，逗留邊境城鎮，穿越偏遠內陸，一探獵刺鼠散佈的平原邊界。但是山姆罹患漸凍人症，伴隨身體障礙漸多，所有粗略計畫為之瓦解。我懷疑宿命是否以招牌的聲音建議我，可以獨自去看這塊紅色巨石，山姆自然會與我相隨，安全藏在我未經測繪的某個內在區域。

該去找點東西吃。我繞過熱鬧碼頭，無目標漫步小街，停在「拉斯帕馬斯墨西哥夾餅吧」。我沒來過這店，卻覺得熟悉。坐到後面，點了黑豆、魚夾餅。咖啡有阿茲塔克熱可可的風味。山帝絕對會愛。這難道就是他的祕密夾餅基地？我的所謂隨機即興行動，幕後似乎有手指揮？我點了第二杯，慢慢喝，突然對「夢汽車旅館」周遭瘋狂留戀，我最好快點離開此地，免得落得《魔山》書裡的軍人下場，上了山卻永遠下不來[21]。我閉眼，回憶房間種種，落地窗打開即見海，低牆遮掩海濤聲，簡單的水泥牆，可能是白泥牆，除非水泥是白色的。

「水泥可以是任何顏色，老天爺。色素（pigment）。色素。」

難道該死的招牌尾隨我到大街？

我低語：「你說豬肉（pigmeat）？在海邊餐廳建議此種菜色很奇怪。你應當談本日的藍碟特餐：鯖魚與必備的討厭酸泡捲心菜。一道我從不愛吃的菜。」

「酸泡捲心菜不是主菜，是配菜。而且我是說**色素**，不是豬肉。」

我拒絕招牌繼續傳送訊息，大口吞下咖啡，付帳，走人。我跟它之間可有幾句話要說。

「你似乎有點苦惱。」我搶先出招。

招牌嗤之以鼻。

「還有點蒼白。需要色素。或許幾抹天藍，點亮那些悲慘的星星。」

招牌尖鳴：「喝，色素，我可是略知一二。譬如，水的祕密顏色，以及何處可以找到色素，地下數里格[22]無水之處。」

顯然我觸怒它了，因為陣陣半透明強風包圍我，旋轉我。腳底雷聲轟鳴，地面裂出大縫。我跪下，注視堆滿珠寶、金色古玩、羊皮紙捲軸的小丘，以及圍繞它的凹洞迷宮。這是我幼時常幻想的地底神祕世界，裡面有地精、精靈與阿里巴巴的洞穴。這個世界真實存在，我樂壞了。歡欣後，懊惱隨之而至。一團頑強烏雲遮掩太陽，冷意稍減，一切恢復沉寂。我站在可敬的對手面前，等待招牌的斥責。

招牌嚴肅說：「事實有很多種，世界也有很多個。」

我不禁謙卑，說：「是的。您講的沒錯。我是在作夢，許多夢，而它們不僅是夢，更像是源自心靈誕生處。是的，我絕對是在作夢。」

招牌變得非常沉默。棕櫚樹不再彎腰，甜蜜靜謐籠罩斜坡。

坐在字體過大的「咖啡」招牌下，我遇見駕車前往聖地牙哥的夫婦。視為吉兆。八小時車程，我只要分攤八十五元即可。約好第二天上午見面。規則是「不准說話」。我忙不迭答應，沒想太多。

晚上雖冷，我還是走了聖塔克魯茲碼頭全程，這是全美最長木棧碼頭，足足半哩。淘金熱年代，用來運送舊金山的馬鈴薯到內華達山脈的礦營。雖然平日碼頭忙碌，今天杳無一人，頭頂沒有飛機，眼前不見船隻，只有沉睡海獅的呼嚕噴氣聲。

我打電話告知藍尼短期內不會回去，心情沉重聊及山帝。我們三人相識已久。一九七一年，我舉行第一場詩歌朗誦，藍尼以電吉他伴奏。山帝盤腿坐在聖馬可教堂地板上，穿皮衣，吉姆・莫里森風格[23]。我讀過他的〈洛杉磯歷史摘要〉（Excerpts from the History of Los Angeles），那是有關搖滾樂的數一數二作品。表演結束後，他說我應當擔任樂團主唱，我聽了大笑，說，我已經在書店有份好工作。他接著提到地獄三頭犬（冥王哈帝斯之犬），建議我深入研究牠的歷史。

他亮出超級雪白的牙齒笑說：「不光是那頭狗的歷史，而是整個概念的歷史。」

我覺得他傲慢卻迷人，建議我當樂團主唱，聽似不可能，也很吸引人。那時，我跟山姆．薛帕交往，我提及山帝的建議。山姆嚴肅看著我說，我想做什麼都可以。那時我們還年輕，這是普遍想法，想做什麼都行。

現在，山帝在馬林郡醫院加護病房昏迷不醒，山姆與病痛高峰期奮鬥。我感覺一股宇宙拉力從各方向拉扯，我懷疑某個特異力場掩蓋了另一個力場，後者的軸心有個小果園，果實纍纍，內含深不可解之核。

清晨，我跟那對夫婦在路邊會合。他們超級不友善。我必須在路邊倒掉咖啡，免得潑濺座位，先付錢，後上車。那車頗為破舊，到處是驅蚊噴劑罐與發霉的塑膠保鮮盒，座椅皮墊好像被鋸齒刀割過。我的腦海閃過各種犯罪場景，但是他們選歌品味超棒，都是我已經幾十年沒聽的曲子。聽到第六張，到了查理．葛西（Charlie Gracie）的〈蝴蝶〉

（Butterfly），再也忍不住。

我衝口說：「好棒的歌單。」

出乎意料，他們突然靠邊停車，男的下車開車門，朝我點頭。

「我們說過不准說話，這是主要規則。」

我說：「請再給我一次機會。」

男的不情不願發動引擎，繼續前行。我想問跟著哼唱可以嗎？或者碰到真正很棒的歌，我可以驚嘆嗎？雖說到目前為止，從超級適合跳舞的歌到神祕晦澀作品，他們放的歌都很棒，包括〈噢，唐娜〉（Oh Donna）、〈夏日〉（Summertime）、〈〈來自山姆叔叔的〉問候〉（Greetings, <This is Uncle Sam>）、〈我的英雄〉（My Hero）、〈大眠〉（Endless Sleep）。他們是否來自古老城市費城，這是那城市會聽的歌曲。我謹守沉默義務，只能在腦海跟唱，回憶青少年時期的舞蹈，以及一個來自南費城區義大利金髮男孩巴奇·馬基克，沉默寡言，隨身攜帶彈簧刀，然後我的腦海景觀滑過家庭作業、沉入夢境，安棲於那顆單相思年輕心靈的沉靜心室。

停車加油，我抓了背包上廁所，洗臉，刷牙，買了一杯咖啡，百分百安靜回去，卻看到那車絕塵於節奏藍調遺忘之歌的地平線。媽的搞啥？好好好，我大叫真是**我的英雄**啊，會播〈大眠〉與〈(來自山姆叔叔的)問候〉的人！這簡直棒透了！我站在那兒，大聲念出一首首之前在沉默中賞味的偉大歌曲。

安全警衛走來。

「小姐，您沒事吧？」

「噢，沒事，對不起，我只是錯過前往聖地牙哥的便車。」

「嗯！我媳婦恰巧要開車去聖地牙哥，要是您願意分攤油錢，我想她會願意載您一程。」

她叫凱蜜，開凌志轎車，我坐前座。後座堆滿寫了「泡菜」的箱子，還有幾個雅芳化妝品箱子。

她說：「後車廂全是梅森廣口瓶。給朋友的。她開有機餐廳，醃漬物都是我做的，洋蔥、番茄、黃瓜、小玉米。她放在餐廳賣。那裡以美味熱狗聞名，我的好吃漬物訂單也不少。」

凱蜜開車超快，我無所謂。她也很愛講話，嘴裡滔滔手裡轉台，無實體的聲音從喇叭傳出，她也跟著改變話題。她戴小耳機，另一個手機在充電。凱蜜沒片刻住嘴，提出問題，隨即依自己的觀點回答。我幾乎沒說話。依然沉默，另一種沉默。終於我問她知不知道「海洋海灘釣魚碼頭」遍佈糖果紙。

她說：「真的？好奇怪，雷東多海灘那兒也一樣，不是在沙灘，是在煤氣廠後面。數以百計，千計呢。瘋狂吧？」

我說：「是的，不過非瘋狂，看起來更像有計畫的。」

「妳聽說失蹤小孩的事嗎？」

我說：「沒。」

手機響了，她急急複誦訂貨細節，無疑，與她的漬物王國有關。

她繼續說：「世界整個瘋了。去年春天，我在紐約皇后區，我姊的杜鵑提前好幾個星期開花。然後又莫名其妙凍霜，全死了。我是說如果預先接到警告，還可以用麻袋保護植物，但是氣溫一夜改變。花全死了，我姊心都碎了。還有中央公園的松鼠，妳聽說了嗎？因為天氣太暖，牠們提前結束冬眠，暈頭轉向，接著下起四月雪，就在復活節耶。復活節下雪！十天後，拿長柄鉗撿垃圾的人發現牠們，幾十隻，小松鼠跟牠們的媽媽，全凍死了。瘋了。我告訴妳，這個世界瘋了。」

凱蜜在靠近碼頭的新港道讓我下車，我給她五十元，她朝我擠擠眼，開走了。我住進「聖文森特」，這旅館除了名字，數十年沒什麼改變。真高興能住到二樓的老房間。一度，我幻想自己能住在這個房間，隱姓埋名，寫偵探小說。我打開窗戶，眺望長長的碼頭，以及僅有的一家簡餐館，緬懷之情幾乎讓我心痛了，我很喜歡。風兒有點大，海浪似乎放大了遠處的聲響，說是現實，更像超現實。

我在水槽洗髒衣服，掛在淋浴間晾乾，拿了夾克與水手冬帽，速速前往海灘轉轉。東張西望時，我想到凱蜜沒說完失蹤孩童的事。總之，海灘並無大批糖果紙，一切如常。我走完碼頭，前往WOW簡餐館。瞧見遠處一隻鵜鶘棲在面海牆頭，牆上寫著巨大的淡藍色「簡餐館」三字。另一個讓我舒坦的熟悉景象。這店家煮的咖啡鐵定有上帝的賜福，不誇稱豆子來自可納、哥斯達黎加或者阿拉伯的農地。就是咖啡而已。

WOW意外客滿，我只好坐到後面跟人併桌，兩男一女，男的叫海蘇斯與厄羅尼斯，金髮海報女郎始終沒報名。海蘇斯來自聖地牙哥，說不清厄羅尼斯是墨西哥人還是俄羅斯人，他的眼睛像心情戒指不斷變色，從純灰到巧克力色。

他們的對話吸引了我，圍繞近來的連串恐怖犯罪。接著，我聽出幾個點，他們是在討論羅貝托．博拉紐大作《2666》的《罪行》一部，裡面的索諾瑪謀殺案究竟是虛構還是事實[24]。爭論陷入死胡同，他們期待看著我；畢竟，我已經偷聽了好幾分鐘。我讀過此書數次，認為那些謀殺是真的，但是書中的女孩只是象徵，未必真的是受害者。我說，聽說博拉紐從某個退休警探那兒弄來了索諾瑪年輕女孩未破命案的全套檔案。

厄羅尼斯說：「是啊。我也聽說了。也沒人確定傳說中的警探是真的，還是捏造來讓那份虛構的警方報告顯得有可信度。」

海蘇斯說：「或許它完全複製警方的報告，只改了姓名。」

海洋海灘釣魚碼頭的WOW簡餐店

厄羅尼斯問：「好吧，就算是真的，但是放在博拉紐的小說裡，是否就變成虛構呢？」不斷變色的眼睛瞄著我。

我有可能的答案，但是沒說話。想著垂死作家筆下角色最後的宿命都如何了？談話無疾而終。我點了巧達濃湯與餅乾。菜單後面有簡餐店歷史。WOW代表「水面行走」（Walk on Water）。我想到奇蹟，想到山帝的不省人事。我幹嘛離開？我想過搬到醫院附近，保持警覺，召喚奇蹟。但是沒有，我極端畏懼醫院的消毒走道只是表象，細菌隱匿，激發了自保本能與強大的逃命欲望。

海蘇斯與厄羅尼斯重拾談話速度，搶著說，時而變成西班牙語，我沒跟上，話題便轉到《2666》首部《文學評論家》，特別著重評論家的夢。一個邪惡的無邊際游泳池。另一個夢關於水是活的。

厄羅尼斯說：「作者一定熟知筆下的角色，可以深入他們的夢境。」

海蘇斯說：「那是誰製造了夢境？」

「當然是作者啊。」

「是作者創造了這些夢，還是把角色的夢傳遞出來而已？」

厄羅尼斯說：「一切關乎透明度。作者在角色睡著時，透視他們的腦袋，透明如水晶。」

金髮女郎不再撥動盤裡的酸泡捲心菜，從皮包拿出一包菸。白色包裝看起來像外國貨，上面印著紅色菲利普莫里斯字樣。她把菸盒放在掀蓋式手機旁。

她深吸一口後說：「令人印象更深刻的是他的斷行方式。譬如他寫『**水是活的。**』然後結束，換行。讀者被扔在長長無邊際的黑暗泳池裡，連個呼吸管都沒。」[25]

我們全著迷地望著她。突然，她顯得比我們都深入。我不再覺得餓。誰會提到斷行，讓眾人的話題軋然而止？

該去外頭透透氣了。我一直走到碼頭最尾端，想像山帝戴棒球帽，將白色廂型車停入車位。那輛車有「知識囤積者」的氣息，堆滿書籍、檔案、放大器零件，以及報廢的電腦。山帝年輕時有輛跑車，我們常開車穿過中央公園到「木瓜大王」，或者一路開到曼哈頓頂端。之後，他換了白色廂型車，九〇年代時，我們曾在波特蘭演唱會結束後，開到阿什蘭參加奧勒岡莎士比亞節，看《科利奧蘭納斯》。山帝熱愛莎士比亞，尤其是《仲夏夜之夢》，著迷於人變成猴子的概念。我說卡洛．科洛迪（Carlo Collodi）在《木偶奇遇記》裡讓不乖的男孩變成被人欺騙的驢子。山帝勝利地說：「可是莎翁先想到的。」

有很長一段時間，我們策劃將米蒂亞改編歌劇，演出者毋須是一輩子搞傳統歌劇的，但也還是歌劇。他要我演米蒂亞。我說我太老。山帝說，米蒂亞只需要「可畏」，我有足夠能力表現米蒂亞注視破鏡時的那股怒火。

他會說：「佩蒂，碎裂的愛，碎裂的愛。」

有時，我們徹夜長聊此事，餓了，便開車找地方吃起司蛋糕。我常想，我們真的能寫出我們的《米蒂亞》嗎？就某個角度來說，在那輛白色廂型車裡，繁星夜空旋轉下，我們的確寫了。

回到簡餐店，我那桌沒變，只是話題轉到賽狗。金髮女郎的前未婚夫在聖彼得堡至少有三條冠軍狗。

「俄羅斯也有賽狗？」

「不，拜託，佛羅里達啦。」

「我們該去，從柏本克搭灰狗巴士就可以到坦帕灣。」

「是哦，最起碼要轉三趟車。不過聽說賽狗場都關了。對那些狗來說真是壞消息，受過精良訓練，卻沒活可幹。」

「比賽狗哪有失業問題？」

「會被殺掉。」

她拿熱紙巾蓋在眼瞼，化開長睫毛上的膠水。

「妳的睫毛倒是長到足以殺人。」

金髮女郎突然站起身。她可真是不同凡響，不僅聰明，且曲線性感如珍．曼絲菲[26]。

海蘇斯跟金髮女郎走了，厄羅尼斯拿起包著眼睫毛的紙，放進口袋。看似滿腹心事。坐在那兒旋轉一毛銅板，之後，拿起銅板，走了。我有種奇怪感覺，厄羅尼斯不是陌生人，但我在哪兒見過他呢？我直待到黃昏，胡思亂想。打烊了。WOW 夜間不營業。

晨光掃過薄薄的被褥。有那麼一會兒，我以為回到了「夢汽車旅館」。我餓了，連忙下樓，經過幾個在海灘玩球的孩子，走了碼頭全程，到WOW。點了炒蛋與豆子，啜飲第二杯咖啡，沉浸於馬丁・貝克的懸疑故事《薩伏大飯店》（*Murder at the Savoy*）[27]。厄羅尼斯腳步輕如穿了鹿皮靴，悄然駐足我對面。

他說：「《大笑的警察》（*The Laughing Policeman*）比較好。」

我很訝異看到他，說：「是啊，但是我已經看過兩次。」

我們聊了一會兒。訝異我們可以從瑞典犯罪小說聊到極端氣候，自在轉換話題。

他問：「妳對這事有何看法？」

那是一張泛黃的二〇〇六年剪報——〈颶風厄羅尼斯托讓死人復活〉。照片裡，小塊地上墓碑掀翻。

「發生在維吉尼亞州嗎？」

「維吉尼亞外海的一個島嶼。跟我同名。」

「島？」

「不，颶風。」

他小心摺起剪報，放進一個破爛蛇皮皮夾，一張黑白照片掉出來。我瞄了一眼，印花暗色洋裝女人帶著小男孩。我想問，但厄羅尼斯突然顯得不自在。因此，我說了聖塔克魯茲的夢、顏色錯誤的糖果紙、薄暮時分的篝火，以及嗑藥似的平靜緊緊包圍我。

厄羅尼斯說：「某些夢根本不是夢，是實體現實的另個角度。」

我問：「我該怎麼解釋呢？」

厄羅尼斯說：「夢這回事呢，就是所有算式都以全然獨特方式解決，洗衣繩上的衣物僵挺於風中，死去的母親現身背對我們。」

我只是呆看他，他到底讓我想起誰？

他繼續以低沉的聲音說：「是這樣的，篝火那件事尚未發生。晚些，妳才會在海灘看見，精確地說，日暮時分。」

天空陰沉，一股不合理的奇光穿透。我想算出日暮的精確時間。如果手機還有電，可以查查看。回程時，我脫掉靴子，赤足走在冰冷水裡。我不會游泳，最多只敢如此。我想到山帝。想到山姆。想到博拉紐才五十歲，死在醫院，而非崎嶇海岸的山洞，或者柏林的公寓，甚至自己的床上。

等待厄羅尼斯所說時刻，我沒敢遠離海灘。整個下午都在旅館窗前的白色小桌寫東西。我的筆記本夾著女兒的照片。她正在笑，看起來卻像要哭。我寫旅館招牌、陌生人的事，沒寫我的孩子，雖然他們永遠都在。太陽高懸。我覺得自己整個向它的抽象靜止投降。

我突然驚醒，不敢置信居然又盹著了，還是坐在小桌前。我火速架起鋪著黃色油布的折疊式熨衣板，打開浸濕的褲腳，抖掉沙子，熨乾，急急下樓，邁向海灘。已經黃昏，不過厄羅尼斯應該還在。有可能我睡得比想像久，錯過了整件事，海灘杳無人跡，只有長條仍在冒著小煙的灰燼。我剎時想吐，好像吸進了死者之煙。

兩名安全警衛突然現身，指控我違法生篝火。我結結巴巴，無法回應。不知為什麼，我想不起自己為何在此，不光是篝火的現場，還包括為何在聖塔克魯茲。我想扒開迷霧。山帝住院。我們本來打算住進「夢汽車旅館」，寫一段《米蒂亞》，就是她陷入迷亂，穿越到未來，穿黑色束腰長袍，戴巨大琥珀珠串，上面刻了聖鳥的腦袋。

我跟兩名警衛說：「那是歌劇。米蒂亞脫下涼鞋，走過一個個冒煙灰燼，毫無表情。」

他們看起來如我一般迷惑。我的陳述很糟，卻講不出更好的。他們給我口頭警告，訓誡我海灘守則、罰則與罰金。我急忙回到房間，小心不回頭看。是厄羅尼斯告訴我薄暮時分有篝火與聚會。我幹嘛不講？我開始懷疑厄羅尼斯設定了什麼言語機關，可以短暫關閉通往他的入口。一個很棒的機關，使用錯誤，也會很棘手。我開始想有哪些方法可以破壞這機關，但這是我牽強的推論。我看著月亮勾勒輪廓的長條碼頭，告訴自己，妳作夢了。同時間，我腦海閃過畫面——旅館招牌矗立山頂，罩在黑色蚊帳裡。

清晨。曙光剛現。月亮依然能見。其他衣服也乾了，我摺好衣服，坐到窗前讀完《薩伏大飯店》。結尾，《大笑的警察》裡殉職警察的寡婦跟主角馬丁．貝克偵探在斯德哥爾摩的旅館上床，我倒是一點都沒想到。對街，海鷗競食三明治碎屑；海灘上沒有篝火痕跡。

回到WOW，我決定乾脆忘了篝火這件事，點了咖啡與肉桂吐司。沒什麼客人，彷彿我舒服獨擁此店。真希望我能在這兒住一段時間，住在WOW後面的房間，簡單的行軍床、一張可以寫作的桌子、一台老冰箱、一個頂扇，就這樣。每天早上，我會用錫壺煮咖啡，吃點豆子與蛋，讀讀地方新聞。這是我的「折衝區」。無規則。無變化。但是世事到頭來都會有變化，世界就是如此。雖未必總和我們想像的一致，卻是死亡與復甦的循環。譬如，我們可能復活，模樣不同，穿著我們生前死也不穿的衣服。

我的感性正在燃燒，深陷其中，一抬頭，看見厄羅尼斯和海蘇斯說話，後者非常激動。厄羅尼斯手撫同伴肩膀，海蘇斯鎮定下來，在胸口劃十字，突兀離去。厄羅尼斯坐下來，告訴我發生何事。海蘇斯跟金髮女郎正前往洛杉磯鬧區的灰狗巴士站，打算搭兩天十九小時的車前往邁阿密，然後租車去聖彼得堡。

真希望我能在這兒住一段時間。
塞爾維亞科維利修道院

「海蘇斯看來心情不好。」

「瑪蕊兒行李一大堆。」

金髮女郎有名字了。

我問：「你把假睫毛還給她了嗎？」

「一隻海鷗衝下來叼走了，可能成為鳥巢的一部分。」

我躲開他的視線，避免逮到他說謊。毋須費力，我的腦海就清晰可見假睫毛依舊裹在那團衛生紙裡，放在老舊五斗櫃上，上方是一幅畫，燈塔籠罩在畫得很爛的濃霧裡。我注意到他擺在桌上的書——《帕斯卡的算術三角》（*Pascal's Arithmetical Triangle*）。

我問：「你在讀這個？」

「這類書不是用來讀，是用來吸收的。」

合理啊。我很確定他有連串迂迴後退的計畫，只為轉移篝火話題。我

柏本克灰狗巴士站

也忍不住拋出自己的，只為改變角度。

「你知道嗎？幾年前我去過布拉內斯。」

他一臉困惑，顯然不明白我講這話，目的何在。

「布拉內斯？」

「是啊。加泰隆尼亞的一個六〇風情海灘小鎮，博拉紐死前住在那兒。他在那兒寫的《2666》。」

厄羅尼斯突然變得非常嚴肅。他對博拉紐的愛，炙熱可觸。

「難以想像拚命衝向終點是什麼狀況。只有少數人有他這種能力，譬如福克納、普魯斯特、史蒂芬・金，思考同時還能下筆。他稱之為日常實踐。」

我重複：「日常實踐？」

「他在《第三帝國》（*The Third Reich*）開頭便寫了。妳沒讀嗎？」

「看到一半就沒看了。不舒服。」

他靠近問：「為什麼？妳認為會發生什麼？」

「我不知道，不好的事，始於誤會的事情將一發不可收拾，就像《乞丐王子》。」

「妳是說恐懼。」

「應該是吧。」

他看看我攤開的筆記本。

「妳的寫作也會引起這種感覺？不安？」

「不會。如有不安，也是喜劇式的。」

「《第三帝國》是圖板遊戲的名字，他超迷的。但遊戲畢竟只是遊戲。」

「大概吧。我見過他的圖板。」

厄羅尼斯霎時像玩家大勝的彈球機，閃閃發光。

「妳看過？博拉紐的遊戲圖板！」

「是啊，我在布拉內斯時去過他家。遊戲圖板就放在櫃子的架上。我還拍了照。或許不應該。」

「我可以看那照片嗎？」

「當然。可以送給你，不過我得花時間找。」

他拿起那本紅黃色封面，繪有突出三角形的書，說，得去某個重要的地方。他在紙巾背面寫下地址。我們約了第二天下午見面。

「別忘了那照片。」

伏爾泰街，神力咖啡館，兩點。我摺起紙巾，示意再來一杯咖啡。不幸，我太衝動答應送他照片，那照片在我曼哈頓家中，放在哪裡，一點印象都沒。有可能塞在某本書裡，或者某個檔案盒，與無數不連貫的照片在一起，都是街頭、建築、旅館外牆的黑白拍立得照片。我一度以為永遠不會忘記，現在卻毫無印象的地方。

我沒告訴厄羅尼斯，我無意間看到博拉紐的遊戲圖板，其實有點暈眩。不是生病的那種，而是時空被割裂的暈。那櫥櫃架子充滿能量，遊戲者投注其中的專注力依然強大，幻化成過度具現的感覺，觀察著我的一舉一動。

午間遁入夜晚。月亮升起，幾近豐盈，影響我的感覺。我坐在低矮水泥牆上觀察遠處WOW的燈火熄滅。彷彿回應，星兒一顆顆冒出，遙遠，恆存。我突然想到我毋須在醫院陪山帝。過去二十年，我們各在兩岸，保持頻道暢通，相信心靈力量可以穿越三千哩。現在又有何不同？不管我身在何處，都可以維持警覺，編寫出某種能夠滲透睡眠的搖籃曲，喚醒他。

照約定，我去伏爾泰街跟厄羅尼斯碰頭，那是一間友善的夏威夷店，賣手撕豬與插著小雨傘的冰沙。厄羅尼斯遲到，邊走邊說話，形容不整，襯衫領扣鬆了。他點了兩杯古巴咖啡，興奮說出心中念頭，擇要就是：他正在打包離開，亢奮，要追隨某聖人足跡，這聖人提供營養品，幫助窮人以及因生活型態而患病的孩子。

我問：「你有小孩嗎？」

他說：「沒，但是孩子屬全人類所有。我姊姊有三個孩子。其中兩個胖到無法旋身。她太寵孩子，猛塞炸麵包與糖。聖人會拯救他們。」

我們彼此提問，話題從小兒癌症的激增到糖尿病、高血壓，到速食世界是不是包圍了下一代。

我問：「他會怎麼做？」

「我現在還不知道。」

「你怎麼知道他的？」

他緊瞪我，好似期盼我能讀懂他的思想，省卻他的寶貴時間。

「他來到我的夢。跟所有神聖訊息一樣。他在沙漠，我知道怎麼找他。這是奧祕之事，好的奧祕，我要加入。或許我可以種田、蓋住屋，或者替男孩組棒球隊。」

「女孩也打球的。」

他心不在焉回答：「當然。替男孩女孩組棒球隊。」

「神佑那些孩子，感謝你信任我。」

「說不定我會在那兒遇見妳。」

我問：「可是我怎麼找你？」

「隨身帶著那些糖果紙，晚上放到枕頭下。他自然會來到夢裡。還有，找到那張照片請幫我留著。」

然後他走了，奔赴誰也沒料到的任務。繽紛彩網兜著海星，那是咖啡館牆飾。他點的咖啡很甜，有強烈肉桂味。我坐在那兒，假想自己回到紐約，翻尋我的視覺檔案。我沒提那張照片很暗。遊戲圖板整齊排放，但看不出櫃子裡其他東西：博拉紐的皮夾克、破舊皮鞋，以及薄薄的《2666》的黑色筆記，方格紙上寫著神祕註解。我親眼所見親手摸過的東西。

女侍罵：「那傢伙沒付帳。」

我說：「哦，我來付。」

我腳邊有個鈕扣。灰色塑膠小鈕扣連著細線，我收到口袋；當作夢中夢裡正面朝上的幸運一分錢吧。28

那晚，我把糖果紙攤在桌上。沒有巧克力。甚至沒有糖果味。除了一點沙，乾淨如新。厄羅尼斯說，**那是奧祕之事**。我突然覺得自己的調查探索荒謬無比，放聲大笑。笑聲懸於空中，好像要轉過來對付我。我試圖釐清整件事。OK。我在「夢汽車旅館」，坐在落地玻璃門前的椅子，玻璃門通往海灘。我作了一個夢，驅使我從聖克魯茲搭便車到聖地牙哥，遇見厄羅尼斯，他告訴我篝火的事，而那篝火，只有我看得見。我還記得翻找過燒焦的糖果紙，用小紗布包起一點灰燼。

我彈起身，摸尋夾克口袋，紗布不見了，但是我的指尖有點灰漬。厄羅尼斯說，糖果紙要放在枕頭下睡覺，沒說哪種形態。床頭櫃抽屜有個紙板火柴，裡面寫了電話，我一口氣摩擦兩根點燃糖果紙。它緩慢燒，散出淡淡的打草場味道。我撕下一頁筆記，把灰放在中央，摺紙鳥般摺了又摺。

我把紙包放在枕頭下，心想，厄羅尼斯究竟是不是朋友？畢竟，他對我一無所知，我對他，知之更少。不過有時就是如此，你能了解一個半陌生人。我注意到灰塵裡有粒灰色鈕扣。可能是脫夾克扔在地板時掉出來的。我伸手撿起，一個看似注定將一再重複的小動作。

獵犬吠嗚，更遠處的聖塔克魯茲，海獅酣睡，海獅王的呼嚕聲震動碼頭。我聽到低哨聲。獵犬吠聲漸杳。我幾乎能聽見歌劇《帕西法爾》（*Parsifal*）序曲在非塵世的濛霧中響起。一張照片從皮夾掉出。小男孩跟穿黑色皺綢的女人。我確定曾在哪兒看過，或許是電影一景。特寫，巧克力色眼眸，波動的小花地毯，不，不是地毯，而是外頭車燈照亮的洋裝荷葉邊。我伸手到枕頭下，摸摸紙包，確保它還在。瞌睡中，我確定了，閉上眼睛，連串跳動的畫面包圍了我：天鵝，茅，**聖愚**[29]。

回到伏爾泰街，我在有機食品市場遇見凱蜜，幫她送了幾箱洋蔥醬。

看到她的充電器插在儀表板上。我的手機早就沒電，充電器丟在「夢汽車旅館」，悲哀無目標地懸在牆上插座。凱蜜讓我用她的手機探問山帝的狀況。打電話時，她一直在旁叨絮沒完，但我還是聽到報告。山帝還沒清醒。

凱蜜說她碰到一個女人，認識某失蹤孩童的叔叔，就是上次我們同車時她提到的失蹤案。我幾乎忘了。結果那男孩毫髮無傷回家，襯衫貼了條子說他心有雜音。從未確診，但旋即證實。男孩整夜哭泣，想回去那兒，拒絕透露任何細節。我沒說話。覺得這故事非常像《斑衣吹笛人》裡，瘸腿男孩短暫嘗到樂園滋味，就被送回家。

她說：「我明天去洛杉磯，得送大批貨到柏本克。」

我衝動說：「我也想去威尼斯海灘，一起走？油錢我出。」

她說：「一言為定。」

那晚，我用旅館電話打給所有想得到的朋友。沒人在，或者，沒人接聽。我留訊息：**我的手機沒電，我很好。你們可以打到旅館**。整件事有種死亡感。四通電話。四通死寂。我關上窗子，有點涼了。我拿起旅館的筆，寫幾頁筆記，等著有人回電，沒有。

我辦了退房，在大廳吃了一個不新鮮的麩皮瑪芬與黑咖啡。凌志轎車駛來，凱蜜穿了粉紅色毛衣，後座塞滿膠帶封條的箱子。快接近洛杉磯時，她火速跟我簡報「凱蜜世界」的新聞，我心不在焉，慶幸漏掉許多。

她脫口說：「哦，天，妳聽說梅肯的失蹤事件嗎？」

「喬治亞州的梅肯？妳是說小孩失蹤？」

「是啊，七個。」

我突然有從極高處往下看的感覺，小小的冰細胞在血管裡緩慢震動。

她說：「相信嗎？有史以來最大的安珀警報[30]之一。」

凱蜜打開收音機，廣播裡沒有。我們陷入沉默，太好了，直到駛抵威尼斯海灘。我給她四十元，她給我一個小型梅森廣口瓶，**上面寫食用大黃與草莓醬**。

我呆呆說：「七個小孩。」解開安全帶。

她說：「是的，妳敢相信嗎？瘋了。報紙沒登，也沒人要贖金。就像被斑衣吹笛人拐走似的。」

威尼斯海灘，警探城市。那兒有棕櫚樹、傑克·勞德，還有何瑞修·肯恩[31]。我住進歐松街一家小旅館，離碼頭棧道不遠。從窗戶可以看到幼叢棕櫚樹，以及「濱海簡餐館」（On the Waterfront Café）的後門，那兒午餐不錯。他們的咖啡馬克杯圖案是努力泅泳的海星，下面印著該店座右銘——**淬煮咖啡與美景一樣棒**。桌上鋪著暗綠色油布。我必須不斷趕走蒼蠅，不成困擾。現今，沒任何事能困擾我，即便是困擾我的事。

我的對面坐了一個帥男，有點像年輕時的羅素·克洛，他對面的女孩則擦了太多粉，可能是遮掩不良膚質，戴了墨鏡，烏黑鮑伯頭，假豹紋外套，她有股內在氣質，即使在房間這頭都感覺得到，天生的仿製明星。他們沉浸於自己的世界，我則沉浸於他們的世界，想像他們是邁克·漢默與漂亮卻冷漠的薇妲[32]。在我忙著寫這些時，他們已悄悄離去，桌子清空，擺上新餐巾與乾淨刀叉，好像他們從未來過。

我一直很喜歡威尼斯海灘，廣闊，退潮時更顯無邊。我脫下靴子，捲起褲管，沿著海灘行走。海水極冷但是療癒，我撈起海水撲臉頸，袖子濕了。浪裡有張糖果紙，我沒撿。

一個熟悉嗓音拉長說——**作夢這碼子事嘛**。但是某種特殊鳥鳴轉移了我的注意力，牠們立定而站，大聲嘎嘎，快要口吐人言。不幸，我心裡有個小小聲音質疑：鳥能說話嗎？從而打斷我與鳥的連結。我折返，懊惱詰問自己為何遲疑，我很清楚某些有翼動物有能力吐字，轉移獨白，甚至主控整場對話。

我決定在「濱海簡餐館」吃晚餐，卻往相反方向走，經過塗滿壁畫的牆，那是《屋頂上的提琴手》一景，夏卡爾風情，小提琴在飛舞的火舌中飄浮，一種不安的懷舊。當我終於折回「濱海簡餐館」，發現大錯特錯。店裡的佈置與下午完全不同。多了一個撞球台，顧客是各種年紀的男人，戴棒球帽，手捧浸了檸檬片的大杯啤酒。其中幾人看著我進門，發現是不具威脅的外來者，便繼續喝酒聊天。大螢幕無聲播放冰球賽。昏暗，嗡鳴，全男性風味，態度可親的男人，只有球桿輕觸球兒、球兒落袋的聲音打破笑談。我點了咖啡、魚片三明治與沙拉，菜單上最貴的菜。魚兒又小又炸得太老，萵苣與洋蔥倒是新鮮。同樣海星圖樣的馬克杯，同樣的淬煮咖啡。我把錢放在桌上，走人。外頭下雨。我戴上水手帽，經過壁畫牆，對猶太提琴手點頭，陷入可能失去好友的無言恐懼。

房間暖氣壞了。我蜷縮在沙發上，心不在焉看《奇屋怪宅》（*Extreme Houses*）頻道，一集又一集，看他們介紹房子如何蓋在岩石或者傾斜的頁岩上，或者如何蓋出五噸重的旋轉銅屋頂。有的住家複製自然環境，看起來就像巨大岩石。東京的房子。科羅拉多州韋爾的房子。加州沙漠的房子。我盹著，醒來又看見同一棟日本房子，或者仿製但丁《神曲》三部曲的房子。睡在呈現但丁筆下地獄的房間，不知是什麼滋味？

早上，海鷗掠過我的窗口。窗子關著，我聽不見叫聲。沉默。沉默的海鷗。外頭微雨，高高的棕櫚樹梢風中輕擺。我戴上帽穿上夾克，找早餐地點。「濱海簡餐館」沒開門，只好選了玫瑰道上的店，他們提供自家的糕點與素餐點。我點了一碗羽菜甘藍與地瓜，其實想吃牛排與雞蛋。坐在我旁邊的男子正跟伴侶叨絮某國進口大型食肉鱷龜，清理聖河上的浮屍。

玫瑰道上有家舊書店。我想找《第三帝國》，他們沒有博拉紐的書。找到《斑衣吹笛人》二手DVD，范．強生演的，運氣簡直太好了。凱．史妲爾飾演失蹤瘸兒的母親，我幾乎能聽見她的尖銳哀歌：**我的兒子在哪裡？我的兒子約翰？**我想起失蹤孩童。孩童與糖果紙。兩者鐵定有關，未必緊緊相連。不可思議，報紙上都沒失蹤兒童的新聞。我懷疑整件事的可信度，卻又難以相信凱蜜捏造故事。

我走過太平洋道上的拱廊，駐足「毛廚房」（Mao's Kitchen），門是開的，不知該不該進去，一個女人招手叫我入內。那是類似公社的地方，開放式廚房，不鏽鋼瓦斯爐，一張佈告寫著「**人民的食物**」，下面是一盆盆蒸騰的水餃，後面牆上張貼褪色的稻田海報。我想起跟朋友雷的一次旅行，去找接近中國邊境的一個山洞，據說那是胡志明撰寫「獨立宣言」的地方。我們走過綿延無際的水田，稻穗淡金，天空湛藍，對當地人來說，平凡不過的尋常景觀堆疊。那女人拿來一壺新鮮的薑汁檸檬蜂蜜水。

她說：「妳在咳嗽。」

我笑著說：「我總是咳。」

碟子裡有幸運餅乾。我揣進口袋，晚點再吃。我覺得自己腦袋放空，跟精神糧食所提供的簡樸平靜緊緊相連，都是些無意義的瑣碎小事，譬如母親曾說范．強生總是穿紅襪子，黑白片也一樣。不知他演吹笛人時是否也穿了紅襪子。

回到房間，我打開幸運餅乾裡的籤條：你會踩在許多國家的靈魂上。我告訴自己要小心，再一看，不是靈魂（soul），是**土地**（soil）。早晨，我決定循足跡而回，回到最早，回到離日本町幾步之遙便有和平寶塔的城市，回到同一個旅館。該是待在山帝身旁守護他的時候了。依照山帝的習性，此刻的他正努力撕開細胞末端，不為了探索想像世界，而是沉入更深的自我。去機場的途中，我突然想到斑衣吹笛人的故事可能無關報復，而是愛。我買了前往舊金山的單程機票。有個剎那，我似乎看到厄羅尼斯正通過安檢。

日本町和平寶塔

1 坦尼爾（John Tenniel），《愛麗絲夢遊仙境》的插畫作者。

2 坦尼爾的原插圖裡，渡渡鳥的羽毛下是夾克袖子，露出兩隻手。

3 火蜥蜴（salamander），傳說中，代表火元素的精靈。

4 菲爾莫爾（Fillmore）是舊金山著名的音樂表演場所。

5 第里雅斯特咖啡（Caffè Trieste），舊金山著名咖啡店。

6 山帝・皮爾曼（Sandy Pearlman），音樂製作人、經紀人、記者、教授、評論家、詞曲作者。

7 本杰明・布里頓（Benjamin Britten），英國作曲家、指揮、鋼琴家。

8 藍尼・凱伊（Lenny Kaye），美國吉他手、詞曲作者，佩蒂史密斯樂團（Patti Smith Group）成員。

9 金屬製品是重金屬樂團。

10 伊曼其諾圖書館（Library of Imaginos）。伊曼其諾是魔鬼代言人，出自山帝・皮爾曼年輕時代寫作的大部頭劇本，融合他所學的人類學與社會學知識、歌德風故事、科幻理論，年代從十九世紀末一直到二十世紀六〇年代，架構出兩次世界大戰的背後陰謀。山帝是著名樂團「藍色牡蠣膜拜」（Blue Oyster Cult）的製作人，該團早年多數作品自山帝這本神祕著作取材。

11 妮娜．西蒙（Nina Simone），美國著名黑人女歌手。〈我對你下咒〉是她的名曲。

12 J．G．巴勒德（James Graham Ballard）是英國已故科幻小說家。

13 傑瑞．賈西亞（Jerry Garcia），「死之華」樂團已故主吉他手。

14 熱拉爾．德．內瓦爾（Gérard de Nerval），法國詩人、浪漫主義代表人物。《歐蕊禮雅》全名為《歐蕊禮雅或生命之夢》（*Aurélia ou le Rêve et la Vie*），是他自殺前最後著作，當時他正在治療精神疾病，企圖以此書解剖自己的夢境意義。

15 「死之華」是著名迷幻樂團，因此作者此處才說「化學之愛」，使用迷幻藥品後散發出來的友愛。

16 語出聖經「撒母耳記上」（18:7）。

17 月光狗狗（Moondoggie）是《傑傑》系列電影的重要角色，曾經救過女主角，兩人發展戀情。月光狗狗是他的綽號，因為他喜歡在月光下衝浪。

18 〈白兔〉是美國樂團 Jefferson Airplane 名曲。〈珍女皇，幾乎是〉等三曲出自 Bob Dylan 的專輯《重訪61公路》（*Highway 61 Revisited*）。

19 烏魯魯（Uluru）又稱艾爾斯岩（Ayers Rock）是澳洲北領地的大型砂岩岩層，世界遺產。

20 山姆・薛帕（Sam Sheppard），美國已故演員、導演、作家。

21 此處應該是指《魔山》裡的Joachim Ziemssen，主角的表兄，罹患肺結核，上山療養，死在療養院。

22 里格（league）測量單位，陸地，一里格為三英哩。

23 吉姆・莫里森（Jim Morrison），「門戶」樂團（Doors）的主唱。

24 《2666》是智利已故作家羅貝托・博拉紐（Roberto Bolaño）死前的作品，全書分為五部，《罪行》（*The Part About Crime*）為第三部。第一部為《文學評論家》（*The Part About the Critics*）、第二部為《阿瑪菲塔諾》（*The Part About Amalfitano*）、第四部為《法特》（*The Part About Fate*）、第五部為《阿琴波爾迪》（*The Part about Archimboldi*）。博拉紐生前遺志是五部拆成五本書來出。但是後人還是將它們集合一冊出版。此處的部名翻譯遵大陸譯本（此書無繁體譯本）。

25 金髮女郎提及的句子是“The strangest part of the dream,” said Pelletier, “was that the water was alive.”博拉紐在此軋然而止，轉往完全不相干的另一個場景。沒交代為何夢裡的水是活的。

26 珍・曼絲菲（Jane Mansfield），美國性感女星。

27 馬丁・貝克（Martin Beck）是瑞典偵探小說夫婦檔Maj Sjöwall與Per Wahlöö寫作的

系列警探小說主角，《薩伏大飯店》是系列第六本。

28 習俗裡，撿到正面朝上的銅板是好運，如果碰到反面朝上，就把它翻過來，留給下一個撿拾者。

29 聖愚（Holy Fool），俄羅斯東正教特有人物，半瘋、半裸體的遊民傳教士，有的不能言語，有的不能解，卻被視為神諭。

30 安珀警報（Amber Alert），美加地區的兒童綁架警報。

31 傑克．勞德（Jack Lord）是影集《檀島警騎》裡的演員，演出Steve McGarrett。何瑞修．肯恩（Horatio Caine）則是《犯罪現場調查：邁阿密》系列影集的主角。

32 邁克．漢默（Mike Hammer）是Mickey Spillane筆下系列作品主角，硬漢偵探。薇妲（Velda）是他的秘書。

加護病房

ICU

最後一天，雖然探望時間已過，卻沒人指示我離去，我直待到日暮。

返回舊金山的車流並不擁擠。宮古酒店房間還沒整理好，所以我穿越兩棟購物商場，回到「在橋上」吃飯。一切跟數星期前一樣，我懷念藍尼令人安心的陪伴。廚師為我做了飛魚子義大利麵。電視播放《七龍珠》動畫片段。我沉入日漫拋物線，回到《死亡筆記本7》，想要破解我看到的畫面：黑雲籠罩「夜神月」，他正努力翻閱沉思連續數頁不連貫的數字。我的義大利麵一掃而空，完全不記得自己吃了。帳單寫二月一日。一月飛去哪兒了？我寫下待做事件清單，告訴自己，馬上進行。但是明日上午第一件事，是去加護病房看依然昏迷不醒的山帝。儘管他沒有知覺，我還是到一家小鋪買了紅豆沙甜點，他喜歡這類天堂滋味的扇形小東西。

我回旅館太早了。電視沒什麼可看。我想像自己人在京都。不難。因為床鋪很低，靠近地面，床邊有盞米紙檯燈，還有一幅鵝卵石精心擺置在竹製沙盒的灰階畫。床頭櫃擱了一枝糖果條紋的鉛筆。我一點也不睏，應該爬起來寫東西，但是我沒有。最後，我只記得現成浮現的字，一大堆字溜走，企圖**以字母捕捉**靈氣，睡夢中的我遭到訕笑。**計畫並非用來遵行，而是與之周旋**。漫畫指南。連串重複的謎咒與我的思維攪和。

筆，看起來很遠，伸手不能及，我真的看著自己睡著。粉紅色雲朵從空中墜下。我穿涼鞋走在小坡上，踢著神龕周圍的紅色樹葉堆。小墓園成排猴神，有的紅披肩配針織帽。巨大烏鴉啄食枯葉。我只記得有人大喊：**一點意義也沒**。

早上，透過共同朋友的協助，我安排了前往馬林郡醫院的車輛。他們把照護山帝當責任。山帝沒有家人，這個任務就落在認識他、愛他的一小圈熱心朋友身上。我再度踏入加護病房。從上次與藍尼造訪至今，一切沒變。醫師似乎對山帝恢復意識不抱希望。我繞床而走，床尾掛了病歷，山帝的中間名叫克拉克，與我的兒子同天生日，我居然忘了這個。我站在

東京日枝神社

那兒，努力翻攪腦海，希望找到能穿透昏迷厚幕的正確思維。亞瑟・李坐監畫面閃過，小紅皮書圍繞，像紙牌散開[1]。我看見山帝在停車場提款機前慢動作倒地。幾乎能聽見他的思緒：康復。拉丁。十五世紀。我努力壓制對插管、注射器、醫院的人為安靜的極度偏執恐慌。能待多晚就待多晚。

我來回旅館醫院。坐在病床旁，絕望尋找一個能與山帝相連的頻道。藥物的氣味、護士捧著注射液與拍紙夾現身門口，膠底鞋的無聲無息，在在令我心驚。最後一天，雖然探望時間已過，卻沒人指示我離去，我直待到日暮。瞧見自己將一團團字投射在山帝的白被單上，神奇圖騰排佇於難以觸及的地平線上，口湧詞句，一望無際堆疊。米蒂亞、猴神、失蹤孩童、糖果紙。山帝，你會怎麼解釋呢？我靜靜探索。機器搏動。生理食鹽水滴墜。山帝捏了我的手，護士說那不代表什麼。

1 亞瑟·李（Arthur Lee），美國黑人歌手，曾因冤獄坐牢，後死於白血病。〈我的小紅皮書〉（My Little Red Book）是他的名曲。

時間：二〇一六

YOM 2016

什麼事都有可能，畢竟這是猴年。

旅館正對面有家託運行，我整理行囊，寄回紐約，前往城市另一端：那是凱魯亞克[1]的地盤。途經唐人街，大家正忙著迎接農曆新年，猴年。空中飄下小小的方形彩紙，上面戳蓋紅色猴子。**遊行二十七**。相信十分熱鬧，但那時我已經不在此地。說來有趣，上次離開舊金山時是新年。這次離開，又是另個新年。我可以感覺家的扯力，但是家待久了，我又感覺別的地方在扯著我離開。

「三不猴」長椅空著，因為被突然的喜慶嚇著，我坐了幾分鐘，鎮定自己。小時我和叔叔在公園也看過這樣的猴子雕像。叔叔問：妳想做哪隻猴子？非禮勿視、非禮勿聽、非禮勿言？我微感暈眩，生恐選擇錯誤。

我轉入唐人街旁的小巷。水餃外帶。兩張鋪著黃色油布的桌子。無菜單。我坐下，等。一個穿睡衣的圓臉小孩端來一杯茶與一籠蒸餃，之後消失於粉紅綠花簾子後。我坐了一會兒，不知道下一步該如何，最後決定遵從最佔上風的直覺，也就是看哪個直覺贏了。茶是冷的。我突然察覺自己置身陌生食鋪，孤立獨處。強烈的感覺放大升高，彷彿我被某個力場挾持了，就像《超人》舊漫畫裡被困在坎多瓶城的住民。

幾條街外傳來連串爆竹聲。猴年開始了，會是怎樣的一年，不得而知。我母親誕生於一九二〇年，鐵猴年[2]，我猜她的血液庇護了我。男孩沒再回來。我留了錢在桌上，穿過無形界線，從唐人街走到日本町，回到旅館。

我把少數隨身物品攤在床上：蛇腹已經壓壞的相機、身分證明、筆記本、筆、沒電的手機，以及一點錢。我決定趕快回家，但還有一事。我用旅館電話打給詩人，他送過我一件黑大衣，我很喜歡卻搞丟了。

「雷，我能去你那兒待一陣子嗎？」

他毫不遲疑回答：「當然。妳可以睡在店裡。我正在搞綠咖啡。」

我吃了放在長方漆盒的日式早餐，退房。在這裡服務多年的老門房問我何時回來？

「很快吧，只要有工作。」

他惆悵地說：「以後這裡不一樣了，沒有日本房。」

我抗議說：「可是這裡一直是日本風旅館啊。」

我鑽進計程車時，他還在說：「今非昔比囉。」

飛往土桑需兩小時又十一分鐘。下飛機，雷已經等在那兒。

他問：「妳都去哪兒了？」

「哦，到處跑啊。聖塔克魯茲。聖地牙哥。你呢？」

他瞇著眼睛說：「到瓜地馬拉買咖啡豆，之後去沙漠。我試過給妳傳訊。」

我抱歉說：「我沒收到訊息，老實說，手機沒電一段時間了。」

他說：「不是那種訊息。」

我笑了：「哎，我這不是來了？應該是收到訊息。」

他關了店門，煮玉米絲蘭湯，拿出一個墊子，替我鋪床。我們相識已久，一起旅行過條件艱困的地方，很容易適應對方的作息。他張羅工作桌給我，一盞孩童檯燈，瀑布圖案，一開燈就流水潺潺。晚上，我們一起聆聽卡拉絲、亞倫．霍華奈斯、人行道樂團[3]。他在電腦上玩棋。我瀏覽他的書架。龐德的《詩篇》[4]、魯道夫．史坦納[5]的作品全集，還有一本厚厚的《歐氏幾何》。我抽出來看，一本圖形很多的書，我根本不可能懂，卻試圖吸收。

我告訴雷：「我搞丟了你的外套。就是我生日時你送的那件黑的。」

他說：「會回來的。」

我說：「要是找不回呢？」

他說：「那麼它會在來世等著妳。」

我笑了，莫名心安。我沒提糖果紙、失蹤孩童跟厄羅尼斯。感覺我已經蛻去那幾日的皮膚。我們聊了山帝以及許多朋友，已逝，對談間又重新鮮活。幾天後，他必須出門。他說：「我不知何時能回來，妳愛待多久就待多久。」他幫我的手機充電，教我如何使用短波收音機。我亂搞了一陣子，停在「死之華」專屬頻道。

天色仍暗，傑瑞・賈西亞正在唱〈棕櫚星期天〉（Palm Sunday）。我覺得冷，開櫃子找毯子，找到一條米色的彭德順毛毯，抖開，有東西掉了出來。我彎腰撿起，一縷月光正好穿透窗子。皺掉的糖果紙。「花生巧克力嚼棒」，「嚼」字拼錯了，顏色不對，沒巧克力殘渣。好奇之下，我搜尋其他糖果紙，找到一個膠帶隨意黏貼的紙盒，裡面是全新的糖果紙，幾百張。我放了幾張到口袋，重新黏貼箱子，出外看月亮，大而亮，如派餅懸掛天空。

我回想我們的對話。**我曾想傳訊給妳**。我知道他的確有。這是屬於我倆的心電本質。我回想一起旅行過的地方：哈瓦那、金斯頓、柬埔寨、聖誕島、越南。我們找到胡志明沐浴過的列寧溪。在金邊時，受困淹水大街，血蛭爬滿身，我渾身顫抖站在旅館浴室洗臉槽旁，雷冷靜地一隻隻拿掉。我記得一頭綴滿鮮花的小象現身吳哥窟密林，我正好有相機，獨自溜去跟蹤牠。回來時，看到雷坐在寺廟的寬陽台，小孩包圍。他正在唱歌給孩子聽，太陽照耀他的長髮，有如光圈。我不禁想到「**讓小孩子到我這邊來**」的雕像[6]。他抬頭看見我，笑了。我聽到笑聲、鈴鐺聲、赤足跑過寺廟階梯的聲音。一縷縷陽光、甜蜜的滋味，那樣近，卻是一去不返的時光。

我曾想傳訊給妳。
電話亭，墨西哥市

孟買海灘

早晨，我喝了兩杯礦泉水，弄了一些蔥花炒蛋，站著吃完。數數身上的錢，揣了地圖到口袋，裝滿水瓶，用布包了些麵包。這是猴年，我已經被傳輸到全新領域，豔陽分子下毫無陰影的一條道路。我持續走，心想遲早能搭到便車。我用手遮擋陽光，看到他來了。藍色福特破皮卡，老舊天窗有點變形。他搖下窗子，穿了不一樣的襯衫，鈕扣俱在，某種程度，看似另一個人，一個我曾經認識的人。

我問：「你難道是全像投影嗎？」

厄羅尼斯說：「上車。我們穿過沙漠。我知道一個地方有全世界最棒的墨西哥農夫早餐，以及喝了身心愉快的咖啡。到時候，妳可以判斷我是不是全像投影。」

後視鏡繞掛了一串念珠。我們在心照不宣的氣氛中共乘，感覺很熟悉；不管是不是夢，我們已經在許多奇怪領域交錯相逢。我信任他開車的手。那雙手令我想起其他手，好人的手。

我說：「沒聽過消音器這種東西嗎？」

他說：「這是輛老卡車。」

厄羅尼斯包辦大半談話，聊形而上幾何學，口氣低沉深思，好像從什麼密室拉出話語。我搖下車窗。無垠的灌木點綴了死氣白賴的仙人掌。

他說：「叢林裡沒有階層。無上、無下、沒有靠邊站，這便是三角形的奇蹟。拿走聖父聖靈聖子聖三一的標籤，全部以愛取代。妳明白我的意思嗎？愛。愛。愛。愛。均勻包覆我們所謂的靈性存在。」

車行西方。厄羅尼斯停在一個邊陲小店，有加油幫浦、紀念品，以及小小的吃食部。一個女人像老友迎接他，端上咖啡與兩盤墨西哥農夫早餐，有煎豆泥與絲滑酪梨泥。牆上掛了錫框的托洛茨基與芙烈達．卡蘿照片，旁邊是一幅呆板的瓜達露佩聖母聖殿油畫。

愛。愛。愛。
約書亞樹，絲蘭

索爾頓湖邊陲小店

她用圍裙擦擦手說：「我孫女畫的。」

畫很糟，但是你能怪小孩嗎？

我說：「很好啊。」

厄羅尼斯隔著桌子望著我。

他語帶期待問：「怎麼樣？」

「什麼怎麼樣？」

「妳心不在焉，根本沒聽。」

「噢，抱歉。」

他用叉子撥撥剩下的豆子，問：「怎樣？是不是妳吃過最棒的墨西哥農夫早餐？」

「很好吃。不過，我可能吃過更棒的。」

他有點不高興，說：「洗耳恭聽。」

「一九七二年，我在阿卡普爾科的一個面海度假別墅作客。我不會游泳，他們有一個大泳池，相當深。我跟一位客人學會漂浮，對我來說，可真是一大成就。」

他說：「游泳太被高估了。」

「一早，尚未吃早餐，我踏進泳池漂浮。閉上眼睛，太陽已經很大，我覺得自由滿足，但是當我張開眼，老鷹在我頭上繞圈。」

「幾隻？」

「不知道。可能三隻或者五隻，紅尾巴。非常漂亮，但是太近了，搞不好以為我死了，我突然一陣驚慌。雲朵快速移動，陽光照亮牠們的翅膀，我死命拍水，深恐溺水。突然濺起一陣大水花。廚師跳進池子，抓住我的腰，拖離泳池，擠出我的肺部積水。讓我擦乾身體，之後，讓我吃墨西哥農夫早餐。那是我吃過最棒的。」

「這是真實事件？」

「是的。絕無添油加醋。我依然經常夢見此事。但這不是夢。」

「他叫什麼名字？」

「他就是廚師。我不記得他的名字，但我絕不會忘記他。我在很多人臉上都能瞧見他。他是廚師，穿白衣，救了我一命。」

「妳究竟家住哪裡？」

我笑了，說：「怎？你要載我回家？」

他說：「什麼事都有可能，畢竟這是猴年。」

他擱下一些錢，我們走出去。我喝完咖啡，回到皮卡，他正在檢查輪胎。我想問他對舊曆年有何想法，但是太陽已經偏了。我們在沉默中行進了一段時間，天空變成燦爛玫瑰色，摻著幾抹紅寶石與紫羅蘭。

他說：「作夢這碼子事……」不過我已經飄到另一個世界，在澳洲北領地的心臟跋涉紅土。

他堅決說：「妳該去那兒。」

我嚇了一跳說：「其實，我該找廁所了。」

附近沒有公廁。剛剛我該去的，可是好像看到廁所門上掛著「故障」牌子。我們所在的平原只有岩石與短樹叢，荒蕪，跟月亮一樣。厄羅尼斯靠路邊停，我們就坐在那兒。但是壓力越來越大。我抓起背包，走到很遠處，蹲在一叢銀色仙人掌後解放。長長的尿液蜿蜒乾烤之土，我沉思厄羅尼斯如何得知我在想艾爾斯岩。我想到山姆，想到好多年前我們經常作相同的夢，即便現在，他都知道我在想什麼。尿漬完全乾了，一隻小蜥蜴爬過我的靴子。我甩甩頭，把自己抖回現刻。起身，拉上拉鍊，回去卡車。死寂的地面散佈小魚屍體，數百條，可能數千條，朝內捲曲，像鹽醃糖果紙。快到卡車處，什麼也沒有，只有排氣管噴起的灰塵。厄羅尼斯走了。我站得筆挺，審視眼前情勢，心想要迷途，這裡也不錯，環繞有海之名的索爾頓湖（Salton Sea），雖說壓根兒沒有海。

我走了不知多少哩，眼前景物依舊，跋涉很大範圍，卻哪兒也到不了。我試著加速，然後減速，希望與自己迎面相撞，打破這無盡循環，但是沒有，長長的沙漠景觀不斷調整，直到每一條新路都變成迴圈。我從口袋撈出餐巾包的麵包，已經不新鮮，撒了糖霜，淡淡橘子味，像亡靈節蛋糕。我想到簡餐館裡的男孩，懷疑他們的對話是否純屬巧合，而我堅稱**糖果紙**是「名詞」，對嗎？也想到脫韁野馬似的胡思亂想會不會阻礙我前進？

我把思緒轉到心智標靶，我跟山帝長途開車常玩的遊戲，遊戲有個可以改變時空的旋轉靶，我射出飛鏢，夾帶光芒，射到中世紀末的佛蘭德，讓我對著空氣提出新問題，譬如〈根特祭壇畫〉的〈天使報喜〉一幅[7]，穿長袍的年輕聖母瑪利亞所說的話鑲金呈現，由右至左，且上下顛倒。這是畫家跟觀者的遊戲？還是有什麼我們看不見的對話泡泡記載了她的話語，但是倒過來且朝後書寫，只為方便她頭頂的那個長了翅膀的半透明聖靈閱讀？

這件事讓我全神貫注，瀏覽歷史過往，終於蓋住我對名詞、動詞，以及自己身在何處的憂懼。我看到大師的手闔上組畫的外翼。又看到其他手崇敬地打開同個外翼。木框架因時間洗禮而顏色變深。我看到竊賊偷走組畫，上船駛向陰險海洋，我看到破舊的船體與折斷的桅柱。天空淡藍，雲彩全無，我繼續走，慢慢喝水，仔細計算存量。我一直走，直到抵達我想去的地方，回到鴿子與瑪利亞之前，回到羔羊油脂融化之前[8]。

1 凱魯亞克（Jack Kerouac），美國垮世代著名作家，著有《在路上》（*On the Road*）。

2 此處是藏曆。

3 卡拉絲（Maria Callas），已故女聲樂家。亞倫・霍華奈斯（Alan Hovhaness），亞美尼亞裔美籍作曲家。人行道樂團（Pavement），美國搖滾樂團。

4 艾茲拉・龐德（Ezra Pound），美國著名詩人。《詩篇》（*Cantos*）是他從一九一七年一直寫到一九六九年，長達一百一十六章的詩篇，未完成即過世。

5 魯道夫・史坦納（Rudolf Steiner），奧地利哲學家、教育家。

6 典故出自聖經馬可福音 10:14。人帶著小孩子來見耶穌，要耶穌摸他們，門徒便責備那些人。耶穌看見就惱怒，對門徒說：「讓小孩子到我這裡來，不要禁止他們，因為在神國的正是這樣的人。」

7 〈根特祭壇畫〉（Ghent Altarpiece）是一幅閉合型的祭壇組畫。外有九幅，打開來，內有十二幅。〈天使報喜〉是其中一幅。這幅著名祭壇畫由出生於比利時的著名畫家休伯特・范・艾克（Hubert Van Eyck）與其弟楊・范・艾克（Yan Van Eyck）接力完成。完成於一四一五到一四三二年間。此畫命運坎坷，曾遭火災、被劫、被盜，直到一九五一年才完全修繕完畢，回到聖貝文教堂。在〈天使報喜〉那幅裡，瑪利亞對大天使說「我是主的使女」，這幾個字的書寫形成環繞瑪利亞的裝飾，卻是倒過來寫，似乎在給瑪利亞上方的聖靈化身鴿子觀看，而非觀者。

8〈根特祭壇畫〉又名〈神祕羔羊之愛〉，其中一幅是獻祭羔羊。〈天使報喜〉中的聖靈則以鴿子呈現。

馬可說

What Marcus Said

我打開奧理略的《沉思錄》，上書：別活得有如你可以活千年……。對我而言，這句話太有道理了，攀爬生命的年梯，我已屆七十。

二月中，我回到家，一個被遺忘的月份。由西往東走跨越時區，比東往西難調整。跟起搏細胞[1]有關。我講的不是人造的心臟起搏器，而是人體內建來保持身體同步的。在西岸待了數星期，明顯搞亂我的起搏細胞。晚餐時就頭暈眼花、瞌睡連連，半夜兩點即醒。我開始半夜散步，被寂靜包圍。街頭無車，空氣有種死寂。

今年的情人節創下紐約市史上最冷紀錄。錯綜的冷流白霜覆蓋一切，光禿樹枝垂掛冰凍心形裝飾，好似交響曲音符。屋簷與臺架的冰柱裂墜，足以致命，破碎於人行道，有如棄置的原始時代武器。

我寫得很少，也不再穿梭夢中夢。從此岸到彼岸，美國大陸燈火一盞盞熄滅，另一個時代的油燈閃爍，繼而止息。旅館招牌沉默，案頭書籍向我招手。《兒童十字軍》、《巨像》、馬可．奧理略[2]。我打開奧理略的《沉思錄》（*Meditation*），上書：**別活得有如你可以活千年……**。對我而言，這句話太有道理了，攀爬生命的年梯，我已屆七十。我告訴自己，振作，歡欣度過六十九歲的最後幾季，六十九是吉米·罕醉克斯[3]的神聖數字，他對奧理略的名言如此回應：**我將活得隨心所欲**。我想像吉米與奧理略各自挑選會融於手中的巨大冰柱，互相揮刺。

貓兒磨蹭我的膝蓋。我打開一罐沙丁魚，切了牠的份，然後剁碎洋蔥，烤了兩片燕麥吐司，給自己做了三明治。我注視烤麵包機的銀亮表面反照出的影像，我看起來既年輕又老邁。我匆匆吞嚥，沒收拾檯面，還盼望看到些生命跡象——一群螞蟻合力拖離廚房磁磚間的麵包屑。我渴望球莖植物冒芽、鴿子咕咕、黑暗掀去、春日重返。

馬可·奧理略要我們張大眼睛警醒時光的流逝。一萬年或者一萬個日子，時光無可阻擋，或者改變我將在猴年邁入七十的事實。七十。只是一個數字，不過也指出煮蛋的沙漏計時器，大部分沙子已落下，而我就是那顆蛋。沙粒落下，我越來越想念逝者，看電視時易哭，羅曼史、退休警探凝視海洋時背部中槍、疲倦的爸爸從搖籃抱起娃兒，都會觸發我的眼淚。而眼淚現在會灼痛我的眼睛，我不再是個快跑者，時間似乎不斷加速了。

這個重複的意象，我努力放大有利於我的部分，譬如以水晶沙漏取代煮蛋計時器，以細碾的大理石取代沙粒，就像你在聖耶柔米的木頭書房、阿爾布雷希特．杜勒[4]的畫坊裡看到的那種沙漏。雖然沙漏的不變原理應該跟沙子落下的速度有關，華麗瓶子或者研磨更為細緻的沙粒並無幫助。

自從沉思奧理略，我試圖對時光流逝更自覺，或許可以看到數字跳動間的宇宙移動。儘管如此，二月還是過去了，雖說今年是閏年，我多出一天可觀察。我望著日曆上的29，不捨撕掉這一張。三月一日是我的

聖耶柔米的書房，阿爾布雷希特・杜勒

結婚紀念日，喪偶已二十年，我拖出床下的一個長形盒子，掀開蓋子，細緻的面紗下有件維多利亞時期風格的洋裝，我撫平皺褶，把盒子推回去，微感失去重心，哀傷暈眩。

外面世界，七早八早就天黑，強風四面吹來，與陣陣大雨合奏，就這樣，事態大為失控。發生得太快，我來不及撿起地板上的衣物與書籍，也來不及關上失靈的天窗，大雨嘩啦沖進來，淹過腳踝，然後膝蓋。門似乎不見了，我被困在房中央，一個橢圓形黑團形成不斷擴大的孔洞，佔據了大部分粉膠牆壁，通向一個扔滿黑色玩具的長通道。我涉水向前，看到漂流的頂蓋Z字切過小長條的水仙花叢，犁平它們，把鐘狀花朵掀到紊亂的氣流裡。我伸手盲目摸索，尋找出路或者沒入虛空，群鳥叫聲震驚了我。

一個淘氣聲音吃吃笑說：「不過是遊戲。」

毫無疑問，就是招牌的傲慢聲音。我後退，鼓起勇氣。

我回嘴：「是呃，什麼遊戲？」

「自然是大混亂。」

這個所謂的遊戲我略知一二。「大混亂」是一個全大寫但「神性」為小寫的遊戲，對毫無警覺的參與者來說，只有麻煩，別無其他。你會發現被恐怖等式的組合元素攻擊，一個邪惡眼神、兩顆旋轉星辰、不斷迂迴的齒鏈。「大混亂」跟你玩真的，由掌管月亮潮汐的神祇及其麾下飛猴造成，這群無孔不入的東西也曾在《綠野仙蹤》的奧茲（Oz）催眠國度攫擄毫無防備的桃樂絲。

我毫不動搖，說：「我不想玩。」瞬間，「大混亂」如來時無兆，去也無蹤。

我審視損失。除了稍微凌亂，一切如舊。面對突如其來的平靜，我檢查了整面牆：沒有一絲橢圓形入口的痕跡，膠泥平滑，毫無皺痕。我的手撫過牆面，想像濕繪壁畫，想像一個擺滿大桶閃亮顏料的熱鬧畫室，普魯士藍的天空，黃褐色與猩紅色的湖泊。我曾渴望活在那樣的時代，還是個少女，戴穆斯林帽，望著平滑如水銀的湖面下，鮮豔卻朦朧的歌德色環[5]緩緩旋轉。我注意到春日水仙過早綻放，現在遁回源頭，萎縮，退卻。

雨水從無法鎖緊的天窗滴落。受損花朵遍佈，踩上便釋放一股麻醉人的氣息。甩掉昏昏然效應，我把黃色花朵扔進垃圾桶，拿出拖把與水桶拖木頭地板。之後，我展開困難任務：分開浸濕黏合的四散書稿，沮喪目睹字句化成無可辨識的汙漬。

我大聲說：「水塘也是面鏡子。」管他聆聽的是誰。

我坐在床沿，深呼吸幾口，套上乾襪。三月來臨令我驚恐。阿爾托[6]的死亡。羅柏・梅爾索普[7]的過世。春日的誕生。我母親的生日據傳是燕子返回燕子教堂的日子[8]，接下來就是春日第一天。母親。有時我真懷念她的聲音。不知道今年她的燕子會如期返回嗎？這是我自小的疑問，而今重探。

三月風。三月婚禮。大凶之日[9]。約瑟芬・馬奇、超自然的三月與許多強力連結。當然還有三月兔[10]。我還記得小時著迷於這隻詭異兔子，牠與瘋帽客顯然是一體兩面，甚至連名字縮寫都相同[11]。我堅信他們可互換卻依然保有本色。理性大人認為此說難以驗證，卻說服不了我，坦尼爾的插畫、迪士尼卡通，甚至路易斯・卡羅本人都沒辦法。我的理論可能充滿漏洞，但是愛麗絲的仙境亦然。三月兔主持沒完沒了的下午茶會，可計數的時間早在茶會開始前就被抹殺了。殺掉時間的人就是瘋帽客。伸開雙臂，高唱永恆不變的「仙境主題曲」，那是我自小便專注聆聽的歌曲。強尼・戴普擁抱「瘋帽客」角色，也是受角色的多重性吸引，不再只是強尼．戴普。毫無疑問，他成為這首神聖小曲的先驅。

他唱：「我們會死掉一點點嗎？」[12]張開雙臂，似乎擁抱一切。我親耳聆聽此曲，每個音符都像喜極而墜的淚珠，而後消失。自此，我常想召喚強尼演的瘋帽客，問他「**我們會死掉一點點嗎**」代表何意？無害的扭曲倒錯？毋庸置疑。還是某種順勢療法的符咒，以小小的死亡讓我們免疫於更大的恐懼？

三月初臨的數小時消融成隨之而至的數日。我隨時光漂流，好像猴子捲尾掉落的水滴。母親生日那天，聽說燕子真的飛回燕子教堂。那晚，我夢見自己回到舊金山的宮古酒店，站在庭園中央，該園名為禪，實則不過美化的沙盒而已。我聽見母親的聲音。她只說，佩翠西亞[13]。

春日第一天，我給羽絨被撣灰塵，打開百葉窗。幼樹枝幹上的冰有如項鍊墜子落下，水仙花香重現，令人迷醉。我開始做雜事，哼唱記憶不全的歌曲，深信人與季節一樣，生機必自返，而在環狀星球或者手執玻璃劍的大天使面前，千年萬年不過一瞬。

---

1 起搏細胞（pacemaker cell），自律性心肌構成的最小單位。

2 《兒童十字軍》（*Children's Crusade*）講的可能是馮內果的作品《五號屠宰場；兒童十字軍》。《巨像》（*Colossus*）應是詩人席薇亞．普拉絲的詩集《巨像與其他詩》（*Colossus and other poems*）。馬可．奧理略（Marcus Aurelius）是羅馬五賢君之一，有「哲學皇帝」稱號。

3 吉米．罕醉克斯（Jimi Hendrix）已故搖滾神奇吉他手。此譯名，本地搖滾迷通用。

4 聖耶柔米（St. Jerome），古代聖經學者，西方教會四聖師之一。阿爾布雷希特．杜勒（Albrecht Dürer），文藝復興時期著名藝術家。

5 歌德色環（Goethe's Color Circle）是指歌德繪製的色環理論，以洋紅色、藍色、黃色為基本三原色。

6 安托南・阿爾托（Antonin Artaud），法國演員、戲劇理論家，倡導的「殘酷戲劇」概念影響今日戲劇甚鉅。

7 羅柏・梅爾索普（Robert Mapplethorpe），著名攝影師，曾是作者男友，為她拍攝唱片封面。詳見《只是孩子》，佩蒂・史密斯著，新經典文化（2012）。

8 燕子教堂全名 Mission San Juan Capistrano，位於南加州橙縣，每年春天阿根廷的崖燕會飛抵此處度過春夏。此地居民每年三月十九日慶祝燕子回歸。

9 Ides of March，Ides 是羅馬曆十五的寫法，三月十五日是凱撒被暗殺的日子，被羅馬人視為大凶之日。

10 此處作者是在玩山帝的字母遊戲，全部以三月（March）接龍。約瑟芬・馬奇（Josephine March）是《小婦人》的主角。三月兔（March Hare）是《愛麗絲夢遊仙境》角色。

11 瘋帽客（Mad Hatter），《愛麗絲夢遊仙境》角色，與三月兔的姓名縮寫都是 M. H.。

12 此處原文為 Will We Die a Little，這句話其實出自電影《神奇的動物在哪裡》（*Fantastic Beasts and Where to Find Them*，又名《怪獸與牠們的產地》），強尼・戴普飾演的魔法師格林德沃被捕後笑著說：「我們會死掉一點點嗎？」這句台詞令觀眾摸不著頭緒，引發討論熱潮。結論是它可能引自 Cole Porter 寫的爵士名曲〈每次我們說再見〉（Every Time We Say Goodbye），歌詞唱：「每次說再見，我就死掉一點點」（Every time we say goodbye, I die a little）。格林德沃講這話是「告別」之意。這句話並未出現在強尼．戴普飾演的瘋帽客角色對白裡。但是根據佩蒂．史密斯回信，她不曾看過《神奇的動物在哪裡》電影，強尼．戴普與她是朋友，親口對她說這話的。

13 佩蒂．史密斯的全名為 Patricia Lee Smith。

大紅

Big Red

透過他的心靈之眼，我看到那匹史上最偉大的賽馬，額頭一顆白星，背脊赤紅，閃亮如暗夜餘火。

四月愚人節。一個狡猾騙子攫取了行動的韁繩，扔出混淆的珠子，我們被大批鋼珠跘倒，失去平衡。新聞狂轟，理智忙不迭分析某人的選舉策略，連珠炮似說謊，速度快到我們跟不上，也來不及思辨。他隨意扭曲世界，隨意澆灌愚人之金，使之分崩。雨。更多的雨。四月驟雨，就像兒歌，敲打全美國，淋到西岸，淋到馬林郡，成為山帝與死神奮鬥的哀愁見證者。我想甩掉不安感，繼續工作、祈禱、忍耐時光。更多雨擊落天窗，像是千百混亂馬蹄，精力充沛奔向大地。

我坐在桌前，打開電腦，慢慢瀏覽長串邀請。邀約很多，泰半跟工作有關。我開始研究可能的工作，看到一半，興奮停住。澳洲有人邀請我，大約一年後，到雪梨、墨爾本開演唱會，然後參加布里斯班音樂節。我闔上電腦，撈出地圖，翻到澳洲那一頁。很長的路途，也還遙遠，但是我確知自己的盤算，演出九場，樂隊成員回家後，我就跳上小飛機，飛到愛麗絲泉，聘司機載我到烏魯魯。我馬上回覆，是的，我願意去。然後記載於二〇一七年的日曆。此時月曆仍是全空，三月則寫了數個A，澳洲（Australia）到艾爾斯岩（Ayers）。

「夢汽車旅館」招牌莫名發現我想去艾爾斯岩，厄羅尼斯也是。數十年前，我跟小兒子一起看熱門澳洲卡通影集，他受到啟發，用紅蠟筆在我的筆記本畫下艾爾斯岩，遮蓋了我的書寫。與山姆一起去的希望已經幻滅，但是我一定會帶上他的祝福上路。我的靴子在櫃子等待，很奇怪的，鞋底沾上紅土，來自我從未去過的地方。

幾天後，我打電話給山姆，沒提我要去探訪偉大的紅巨石。我們談紅馬。

我說：「前幾天是『秘書處』[1]的生日。」

山姆笑了：「妳怎麼可能知道一匹馬的生日。」

山姆的牛仔寬邊帽

我說：「因為牠是你心愛的馬。」

「來肯塔基吧。我跟妳說另一匹大紅馬『鬥士』（Man O' War）的故事，我們可以下注肯塔基大賽，看電視轉播。」

「我會的，山姆，下注前，我先看看。」

五月，我坐在洛克威爾海灣住家前廊。我的小院子什麼都沒，只有藍色野花，大概是從天而降的種子。只要搭上長長一段地鐵，來到此處，世界就消失無蹤。我的世界只有少量蝴蝶、兩隻甲蟲跟一隻合掌螳螂。一切只關乎我的書桌，案頭上有年輕時代的波特萊爾櫥櫃肖像[2]，以及包歐絲[3]年輕時在照相亭拍的照片。還有一尊象牙的無臂基督雕像，一張小小的愛麗絲與渡渡鳥的鑲框複製畫。我的世界只關乎我與山姆幾年前在「井野簡餐店」的模糊拍立得合照，那時，一切還近乎正常。

我研究《電訊晨報》，這是我年輕時常幹的事，模仿我老爸，他是個深思熟慮的評磅員[4]。或許我的血液裡也有這天份，因為我通常選馬滿準，尤其是名次。但是這個比賽，我沒靈感，最後選了「鋌而走險」（Gun Runner）。兩天後，我買機票去辛辛那提，聘司機載我穿過州界，到米得蘭附近的加油站，有人來接我。一輛白色卡車趨近。山姆跟他的妹妹羅珊。開車的不是山姆，我為之心痛。

去年感恩節，山姆自己開卡車來機場接我，頗費力，他以手肘操控方向盤。他做自己能做的事，不能做的，就適應改變。那時，他在編輯《內在者》[5]。我們會大早起床，工作個幾小時，休息，坐在戶外的阿迪朗達克木椅上聊天，多數聊文學。納博科夫、塔布其、舒爾茨[6]。我睡皮沙發，呼吸器的輕鳴聲包圍我。當他準備入眠，拉上被子、雙手交握，我知道我也該上床了，心裡默從。

他低頭看著逐漸失去氣力的雙手說：「人都會死。雖然我沒想過會得這病，但是沒關係，我過了想要的一生。」

現在，跟往常一樣，我們立即進入工作模式。他已經進入最後階段，全力潤飾《內在者》一書。寫作對他來說已經太過消耗體力，所以我讀初稿給他聽，他再告訴我哪些地方要修改。上次的修潤工作，思考多過書寫，搜索想要的文字組合。隨著書稿的逐漸成形，我目眩於他用字大膽，混合了電影詩學、西南方的景觀、超現實夢境，以及他獨樹一格的黑色幽默。他面臨的現刻挑戰也不時浮現字間，模糊，但不容否認。書名靈感來自舒爾茨的話。討論到封面時，現成的就在眼前，那是山姆塞在廚房窗框角落的照片，墨西哥攝影家格蕾西拉．伊特比德（Graciela Iturbide）的作品。照片裡是個黑髮蓬鬆的塞里（Seri）原住民女性，置身索諾拉沙漠，裙襬飄飄，手提攜帶式音響。我們邊喝咖啡邊研究這張照片，點頭，十分滿意。窗外可見山姆的馬兒跑向圍籬。他不能騎了。但

阿迪朗達克木椅

廚房窗戶

隻字不提。

大賽那天，我們下注。比賽在快道[7]舉行，我們毫無靈感哪匹馬會奪冠。山姆叫我選「鋌而走險」，就算只跑第三名，也一定有錢賺。我照辦。比賽預定於東岸夏令時間六點五十一分開始，這是邱吉爾唐斯第一百四十二次舉行大賽[8]。圍坐電視前，我突然想到今天是我已故公公杜威·史密斯的生日。我先生還在世時，我們也齊聚公婆家看電視轉播肯塔基大賽馬，杜威如果仍活著，會看好哪匹呢？他生於東肯塔基，父親是騎馬配缺口式步槍巡邏的郡警。我連續三年選中第二名的馬，杜威大為驚奇，不過今年「鋌而走險」只跑了第三。

晚飯後，我們坐在前門臺階看天空。新月彎彎，就像山姆拇指與食指間的刺青。我低語，這真是奇蹟。祈求意味大過其他。

回家數天後，我收到一個小包裹，以及山姆妹妹的字條。山姆寄來他的小刀以及我的賭馬彩金，包在報紙裡。我把刀放在櫥櫃，跟我爸爸的咖啡杯擺在一起。接下來數天，我覺得疲倦，不知所從，迥異素日。可能是低潮，或許感冒潛伏，我決定什麼都不做。

五月三十日是聖女貞德紀念日，傳統上，這是一個激奮向上的日子。我還是低潮，咳嗽轉劇，我卻感覺某事在醞釀，即將發生，或許是寫出新詩，或許某個小火山爆發。那晚我作了個夢，說是夢，更像天賜禮物，療癒純淨如未被汙染的極圈泉水。

夢裡，我跟山姆單獨在廚房，他正在講澳洲中部熱暑、艾爾斯岩的寶紅光芒，以及昔日（就是度假村興起前）他如何沒有嚮導陪伴，獨自駕吉普車親眼見證。回憶的膠卷像粗粒子的家庭電影，打了開來，我們一起看著他踏出吉普車，開始攀爬禁忌之地[9]。他收集原住民的眼淚裝在破舊

父親的杯子

皮水袋，黑色而非紅色眼淚，而那水袋就像湯姆・霍恩[10]受刑（天知道為了什麼罪名）時口袋掉出的魔力包。

山姆動也不動坐在廚房桌邊的電動輪椅上。他的腦袋變成巨大鑽石，緩緩轉動，結痂眼珠射出光芒。那時情況雖糟糕，還是有希望。房間收縮又放大，像肺也像風笛的鼓風器。我敏捷遵照他的指示拔掉呼吸器。

他說：「準備好了嗎？」

我說：「那你怎麼呼吸？」

他回說：「我不再需要。」

我們出發，一直走到山姆想去的點，坐在木箱上，等待。一個女人前來，開始忙活，在我們面前擺置矮木桌。另一個女人端來兩個碗，沒有餐具。第三個女人端來一大鍋熱湯。十八種草藥熬的湯漂浮黑色雞胚胎，還有九個蛋黃，在雞的小腦袋上形成王冠。像是蛋黃構成的太陽系，在兩個小肩膀間勾出完美弧線。

山姆解釋：「這是古方，來自太陽的湯。喝吧。天賜禮物。」女人給了我一把長柄杓，而後退去。我沮喪發現我必須破壞湯的漂浮畫面，它已經有刺繡聖卡的感覺。

山姆瞧瞧自己的手說：「必須由妳來做。」

我很確信那湯會讓我生病，但是山姆眨眨眼，我就喝了，突然間，一條星辰閃耀大道呈現。我們站起身，可是我怯懦不前，困惑。山姆開始講起「鬥士」的故事，牠是史上最偉大的大紅賽馬。山姆還說，人的確有辦法愛馬如愛人。

他低聲說：「我夢見馬。這輩子總夢見馬。」

我們繼續前行，我的憂懼成真，真的病了。連續三天冒汗嘔吐。疲倦脫水，每逢可能的水源，都得停下飲用。第四天，我看見山姆雙手捧水喝。

我納悶：「怎麼可能？」

山姆彷彿看透我的思想，回說：「湯發揮作用了。」

但他並非真正開口說話，而是站在巨大峽谷邊緣嚼枯乾草梗，那峽谷比大峽谷還大，也大過西伯利亞的鑽石坑。我坐得筆直。他在聆聽遠處的馬蹄奔騰，彷彿那是來自致命夢魘的呼吸。透過他的心靈之眼，我看到那匹史上最偉大的賽馬，額頭一顆白星，背脊赤紅，閃亮如暗夜餘火。

1 秘書處（Secretariat）是美國賽馬名駒，三冠王得主，大紅馬。

2 櫥櫃肖像（cabinet portrait）是指大小適合放在櫥櫃上展示的肖像。

3 包歐絲（Jane Bowles），美國女作家。

4 評磅員（handicapper），根據參賽馬匹的紀錄、年紀、等級等等資訊予以評分的專業人員。

5 《內在者》（*The One Inside*）是山姆・薛帕的小說，由作者佩蒂・史密斯撰寫前言，於二〇一七年出版。

6 安東尼・塔布其（Antonio Tabucchi），義大利作家。布魯諾・舒爾茨（Bruno Shultz），波蘭作家、藝術家。

7 快道（fast track），類似混凝土實心的賽道，硬度等級最高的一種。

8 肯塔基大賽是三大賽馬之一。舉辦地點在路易維爾的邱吉爾唐斯（Churchill Downs）。

9 艾爾斯岩被原住民阿南古人（Anangu）視為創世神話起點，神聖之地，卻成為外來觀光客景點，大肆攀爬、大蓋度假村，都被視為褻瀆原住民文化。澳洲政府於二〇一九年十月二十六日下達永久禁爬令。

10 湯姆・霍恩（Tom Horn）是十九世紀美國一名牛仔、斥侯、軍人，也是僱佣殺手，據說殺了十七人，四十三歲生日前絞刑而死。作者此處應該是說不知道他究竟因哪樁罪行而伏法。

中場休息

Intermission

我很累卻滿足，相信自己解開了這個城市的謎……角落那張木床似乎好遠，這一切只是中場休息，只有小事與溫柔的事會發生。

世事從未解決。解決乃是幻象。短暫的自湧清明，心靈似乎被解放，卻只是一時靈顯。

這些話語活靈活現追隨我，好像旅館招牌尾隨我至紐約。我驚醒，坐直，顯然我在電腦前工作又短暫盹著，未完成的句子後面跟著一串隨意的多餘母音。

「證據必備。數學家因證據得顯真正卓越。」

我壞脾氣地回答：「更甭提詩人暨偵探。」

我起身進入浴室，好似偵測到鬼魅爪印，開始刷洗馬桶座。我沉思，洗手，證據，嗯。歐幾里德有。高斯[1]有。伽利略有。我審視周圍，大聲說，證據。斷然採取行動，打開窗戶，扯下蓋身的床單[2]釘在牆上，檢視它的雪白。我在一箱舊物中找到一枝二十世紀畫家用的針筆。我站在床單前數分鐘，動也不動，然後在床單上勾勒出平流層的起伏轉彎。

接下來數天，床單註記繁增。一點希臘文，一點代數，變形的莫比斯環，生鏽的彈簧圈印痕變成難以解謎的算式。

旅館招牌斥責：「什麼都沒解決。」

法官與法律之秤大叫：「什麼都沒解決。」

我跟著它們的聲音進入一個大廳，裡面藏了無數鉅冊，都是四邊剪角、保存良好的圖像，下面有鉛筆寫的圖說，像剪貼簿。船兒駛抵布林迪西港時，維吉爾[3]正嚥下最後一口氣。鬼船凍結於極地海洋，冰幕垂掛，閃亮如非洲鑽石。一度高傲的冰山現成史前巨骸漂流海洋。航行船隻翻覆。藍臉小孩。毀損蜂巢。長頸鹿屍首。

我把鉅冊放回另一個積灰架子，激起煙塵，它低聲說：「什麼都沒解決。」不論就宇宙層面或者搞笑層面，啥個屁都沒解決。我感覺招牌跟蹤我。我憤而反跟蹤它，卻悵然發現它有點羸弱，大不如前。

招牌重複說：「什麼都沒解決。」

大自然也呼應：「什麼都沒解決。」

我轉向瞬息變化的雲朵尋求安慰——一尾魚，一隻蜂鳥，一個浮潛男孩，逝去下午的景象。

接下來是前所未見的熱浪，垂死的珊瑚礁，崩裂的冰層，驚動我心。另一頭的山帝時而清醒時而昏迷，正跟連串病菌感染搏鬥，在腦海勾勒屬於他自己、來自「城市之心旅館」[4]深處的啟示錄場景。我能聽見他的思考，我能聽見牆壁的呼吸。或許我需要休息，一種中場休息，從一個場景撤出，容許另一個場景開展。某種微不足道、輕飄、意料之外的東西。

有次在斯卡拉大劇院看《崔斯坦與伊索德》（*Tristan and Isolde*），中場休息，我去上廁所，無意闖進一個未上鎖的房間，裡面放了預定展覽的卡拉絲戲服。她演出帕索里尼《米蒂亞》穿的特殊束腰長袖黑長袍就在眼前。房間裡有她的袍子、頭飾與面紗，還有幾串沉重的琥珀項鍊，以及一件繡花無袖長袍，她被迫穿著這件長袍在沙漠奔跑，那兒熱不可當，據說，帕索里尼只穿游泳褲導戲。他的米蒂亞雖是由舉世最富表達力的女高音擔綱，電影裡卻沒唱歌，我與山帝都認為毫無關係，外界的異議反而為她了不起的表演增添一絲張力。我拿起琥珀項鍊，撫摸整件袍子，這也是讓她幻化成科爾喀斯女巫的衣服。鈴聲響起，我匆匆趕回座位，陪同者無人察覺異狀。他們不知道就在短短的中場休息，我碰觸了米蒂亞的神聖衣物，它的纖維混合了偉大卡拉絲的汗水與帕索里尼的無形手印。

我說，什麼都沒解決，但我還是要走。開始打包我的小手提箱。同樣一套東西：六件「放電女士」（Electric Lady）錄音室的T恤、六套內衣、六件蜜蜂花紋襪、兩本筆記、咳嗽草藥、相機、最後幾卷有點過期的拍立得底片，以及艾倫．金斯堡的《詩選》[5]，向他即將來臨的冥誕致敬。他的詩將陪伴我度過短期巡迴演講，停留華沙、盧塞恩、蘇黎士，白天沒事，我可以遁入小巷，有的熟悉，有的陌生，引領我前往意外發現。這算是有點被動的放逐，短暫逃離喧囂吵鬧的世界。羅伯特．瓦爾澤[6]踏過的街道。喬伊斯埋骨的山丘。奧斯陸還有一間藝廊掛著約瑟夫．博伊斯[7]的灰氈西裝，無人聞問。

旅行時，我屏絕新聞，重讀金斯堡的詩，它們就像一個不斷擴張的氫製點唱機，飽含他細微變化的各種聲音。他如在世，絕不會與眼前的政治氛圍切割，會一頭栽入，用最大的聲量，鼓勵大家提高警覺、動員、投票，如有必要，本著和平不服從精神，被扔進囚車都行。

當我從一個邊境穿越到另一個邊境，行動氛圍開始有種非塵世的味

我的箱子

約瑟夫．博伊斯的灰氈西裝，奧斯陸

道。孩童看似動畫，穿夾克的紙娃娃，拉著貼滿旅行各地貼紙的箱子。我想追隨他們，但是繼續預定行程，來到里斯本，鵝卵石夜道城市。

在那兒，我遇見佩索亞[8]的檔案管理人，邀請我去參觀心愛詩人的書房。他們給了我白手套，讓我翻閱他最愛的書。有偵探小說、布萊克與惠特曼的詩選，以及他最愛的《惡之華》、《啟蒙》[9]、王爾德童話。比起佩索亞自己的作品，藏書更像是親密透視他的一扇窗，因為他有那麼多異名，依據各自性格書寫，購買珍藏這些書的卻是佩索亞自己。這個小小領悟讓我著迷。佩索亞發展出這麼多獨立人格，最起碼七十五個，以他們的名義發表作品，他們也各有生活，有自己的帽子與外套。我們怎知道哪個才是佩索亞自己？答案就在眼前，他的藏書，一個保存良好的特異圖書館。

替佩索亞的有聲檔案館錄製〈向惠特曼致敬〉（Salutation to Whitman）讓我精神一振，這是阿法羅・德・坎波（Álvaro de Campos）的作品，佩索亞創造的異名。巧合的是我前晚才讀了金斯堡獻給惠特曼的詩，負責照顧佩索亞藏書的圖書館員聽了大喜。時間匆匆過，我忘了問他們有無收藏佩索亞的寬邊帽，我猜應該有，放在原來的帽盒裡，收於某個祕密衣櫃，與他日常夜間外出散步穿的外套擺在一起。回到旅館，我經過他的銅雕像，凍結，卻像是在行動。

我就在佩索亞的城市漫遊，雖然我說不出自己都幹了些啥。里斯本適合迷失。早晨我在咖啡館塗寫筆記本，每個空白頁都在邀請我遁逃，我的筆忠實服務，流暢，持續。我睡得好。甚少作夢。單純存在於一個不受干擾的「中場休息」。暮間散步，一串音樂漂浮舊城市，讓我憶起父親低沉響亮的聲音。是啊。那是他最愛的〈老里斯本〉（Lisbon Antiqua）。我記得小時問他曲名什麼意思。他笑說那是祕密。

兄弟姊妹們，晚鐘敲起了。燈火照亮鋪了圖案的街道。在愛德華・霍普[10]式的寂靜裡，我追隨佩索亞日常行走的路。這作家有多重心智，以多種方式觀看世界，再以多個不同名字寫在日記裡。我踩著磁磚路，撫摸長滿常春藤的牆壁，經過一個窗戶，看見一位紳士站在酒吧後面，微微彎腰，塗寫筆記本。他穿了棕色外套，戴氈毛帽。我想進去，卻沒門。我凝視窗後的他，那張臉既熟悉又陌生。

「他就跟妳我一樣。」

我明察秋毫的敵人——招牌又回來了，我正處於自我禁錮的孤獨中，不禁雀躍。

我問：「你認為如此嗎？」

出乎意料，招牌熱情回答：「鐵定是。」

我低聲說：「你知道嗎？我真要去艾爾斯岩。」

里斯本的巴西人咖啡館

「妳的鞋底早就紅了。」

我沒問招牌，我的老公被送至宇宙何處，過得如何。也沒問山帝的命數。或者山姆。妄想以祈禱向天使乞憐，這是禁忌。我非常清楚：一命不可乞，二命更不可求。人只能自求多福，期望心胸更為強大。

鵝卵石路引我回到臨時住家。我的房間是素樸與精心講究的迷人結合。木雕床鋪亞麻被褥，小床頭櫃有個白格鎮紙，還有一把汙漬的象牙拆信刀。少得可憐的文具用品只夠寫一封信，卻是上好的磨光羊皮紙。浴室地板是光亮的馬賽克，小小的藍白磁磚，像羅馬浴池磚。

我坐在桌前，拿出背包裡的拍立得Land款相機，檢查蛇腹。金斯堡的詩選打開在〈加州超市〉（A Supermarket in California）那一頁。我想像他盤腿坐在地板，身旁就是唱機，他正跟著瑪．蕾妮[11]的歌聲哼唱。闡述米爾頓與布萊克的詩，以及〈伊蓮娜．雷格比〉[12]歌詞。替我偏頭痛發作的小兒子擦拭額頭。金斯堡吟誦、跳舞、嚎叫[13]。金斯堡垂死床榻，床頭掛著惠特曼的肖像，終身伴侶彼得·奧洛夫斯基（Peter Orlovsky）跪在床旁，為他撒滿白色花瓣。

我很累卻滿足，相信自己解開了這個城市的謎。床頭櫃抽屜裡有本口袋型彩繪地圖，是我的小導遊，帶領我去麥哲倫的誕生地薩布羅薩。我依稀記得小時曾在廚房桌上畫了一幅乘船環繞世界圖，父親正在煮咖啡，一邊吹口哨哼〈老里斯本〉。我幾乎能聽見音符聲混合咖啡濾壺的滴答聲。我低聲說，薩布羅薩。有人替我繫上安全帶。角落那張木床似乎好遠，這一切只是中場休息，只有小事與溫柔的事會發生。

1 高斯（Johann Karl Friedrich Gauß），德國數學家、物理學家。

2 歐美人士睡覺，棉被不直接蓋在身上，中間隔了一條蓋身的床單。

3 維吉爾（Virgil），古羅馬詩人。

4 城市之心旅館（Heart O' the City Hotel）是電影《駭客任務》的一景。

5 艾倫·金斯堡（Allen Ginsberg），垮世代著名詩人。

6 羅伯特·瓦爾澤（Robert Wasler），瑞士已故作家。

7 約瑟夫·博伊斯（Joseph Beuys），德國行為藝術家。

8 費爾南多·佩索亞（Casa Fernando Pessoa），葡萄牙著名詩人與作家。

9 《惡之華》（*Flowers of Evil*），波特萊爾的詩集。《啟蒙》（*Illuminations*），法國詩人蘭波（Arthur Rimbaud）的作品。

10 愛德華·霍普（Edward Hopper），美國畫家，以勾畫寂寥的美國當代生活景象聞名。

11 瑪·蕾妮（Ma Rainey），美國歌手，人稱「藍調之母」。

12 〈伊蓮娜·雷格比〉（Eleanor Rigby），披頭四的歌，描寫孤獨者，流行音樂界對 Eleanor Rigby 究竟是誰，研究頗多。

13 嚎叫（howling）正好是金斯堡著名詩集。

水手返家

Home Is the Sailor

我察覺又將是個失眠夜，在浴室鋪上墊子，遁入舊遊戲。我想像自己是水手，活在大型獵鯨船長途航行的年代。我們處於暴風雨中心……

床單仍釘在牆上，像軟垂的帆。我完全忘了它。當初觸發我做註記的心態已經完全改變。更重要的，大雨讓天窗漏水，床單沾了鏽色水痕，似乎自成某種語言，漂浮進出我貧瘠的睡眠。

暗空無月。才清晨四點，我拖著腳進浴室，告訴自己振作。我的浴室超級大，好像挖了兩個小房間的空間來配合這個毫無必要的「異常」。浴室裡有個老舊的方形凹槽面盆、一個小小磁磚淋浴間、一個完全無用的四腳浴盆，堆滿床單。還有足夠空間可以讓我在悶熱夏日裡鋪墊子睡覺。牆上是略微斑駁的鏡子，貼著一張褪色的「維多利亞號」明信片，那是麥哲倫船隊次小的船，由探險家本人親自駕馭。

我察覺又將是個失眠夜，在浴室鋪上墊子，遁入舊遊戲。我想像自己是水手，活在大型獵鯨船長途航行的年代。我們處於暴風雨中心，船長的兒子沒經驗，一腳踏上長捲繩，被拖下海。水手眼都不眨，便跳進暴風

我的椅子，紐約市

雨翻攪的大海。船上的人拋下長繩，水手抱著船長的兒子回到甲板，後者被送回船艙。

水手被帶到後甲板，進入船長的私室。渾身濕透抖顫，他好奇張望四周。船長難得激動，擁抱他，說，你救了我孩兒的性命。告訴我，我該怎麼報答？難為情的水手要求打賞全船人朗姆酒。船長說，沒問題，你呢？水手遲疑了一會兒後說，打從年輕時代，我便睡在船地板、行軍床、吊床上，好久沒睡過像樣的床。

水手的樸直感動了船長，便把床讓給他，退到兒子的房間睡覺。水手站在船長的空床邊，羽絨枕頭、輕柔被褥。床尾有巨大皮箱。他在胸前畫十字，吹熄蠟燭，墮入罕見的全然沉睡。

有時睡神不至，我就玩這個遊戲，這是閱讀梅爾維爾發展出來的故事，能讓我從浴室的睡墊移到床上，獲得感激萬分的昏睡。但是今日異常

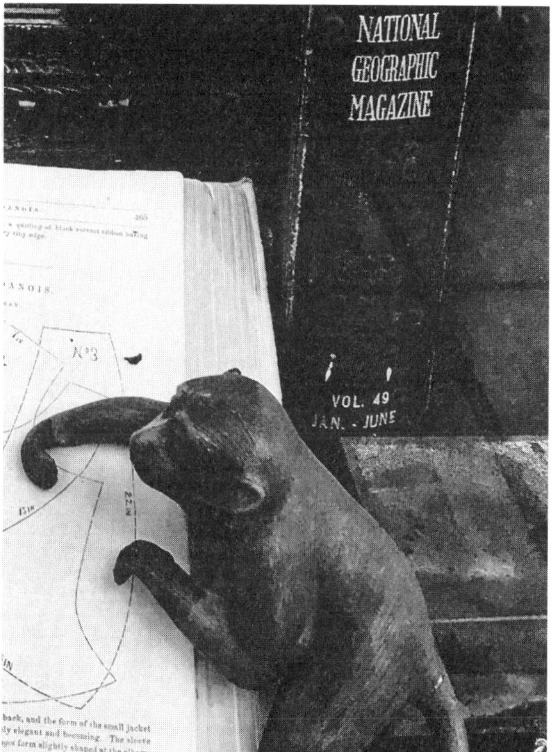

他好奇張望四周。
伊莉莎白街櫥窗

潮濕，此計不通。猴年的頑皮猴子戲耍氣候、即將來臨的選舉，以及我們的心智，只會製造差勁的睡眠或者無眠。雨滴似乎與我糾纏的思緒同節奏，突然滴落天窗。我看到紅色水漬分開又聚合，形成不可解的蘇美爾文。櫥櫃裡有水桶，我把它放在漏水處，聆聽斷續的滴聲，好似自成一格的牧歌。

我打開小電視，小心避開新聞。螢幕上，金髮的奧蘿爾．克萊蒙正一邊填充鴉片菸斗，一邊低聲說法語。

她靠近馬丁辛說：「有兩個你，一個殺人，一個不殺。」

她脫離畫面又說：「有兩個你，一個走在人間，一個走在夢境。」

她起身，脫下袍子，緩慢解開掛在床柱的蚊帳。馬丁辛吸了一口鴉片，凝視她的身影在白色蚊帳後移動。她徐徐解開每個結，馬丁辛穿過螢幕戰爭的濛霧，抱住她[1]。

終於我感覺瞌睡蟲上身，我跟水手、韋勒上尉[2]，以及手拿鴉片菸斗的法國女孩說再見。我聽見母親朗誦羅伯特・路易斯・史蒂文森的詩。**水手返家，離海返家。獵人返家，離開山丘**[3]。我看見她拿滾筒刷重漆臥房，撫平壁紙。螢幕正在跑工作人員表，打出《現代啟示錄重生版》。蚊帳圍攏我，橡皮止血帶鬆開，抽血筒裡血液急奔，畫出未完的思緒。

1 此處講的是《現代啟示錄》，法國女星奧蘿爾・克萊蒙（Aurore Clément）演的一整場法國農場莊園戲正式上映時全部被剪光。但是導演柯波拉在二〇〇一年推出的《現代啟示錄重生版》（*Apocalypse Now Redux*）把她的戲份重新剪回去。

2 韋勒上尉（Captain Willard），片中馬丁辛飾演的角色。

3 羅伯特・路易斯・史蒂文森（Robert Louis Stevenson）是蘇格蘭作家、詩人。作者引他的詩〈安魂曲〉（Requiem），人死入土是最終的返家。水手離開大海，回家。獵人離開山丘，回家。

夢之模擬

Imitation of a Dream

七月二十六日。序曲結束，帕西法爾跪在受傷的天鵝前。山帝・皮爾曼離開世間。

我的左手在窗戶重複畫下這些字：山帝，張開眼睛。彷彿它們能形成魔咒。一個熾烈的阿爾托式、真能發揮作用的魔咒。但是沒有哪種神奇努力可以校正死神的指令。七月二十六日。序曲結束，帕西法爾跪在受傷的天鵝前[1]。山帝．皮爾曼離開世間。

同一天，南加州發生野火，濃煙直吹至內華達州。民主黨大會也同樣熱火熊熊，混合了希望與絕望。太陽能驅動飛行器「陽光動力二號」完成繞地球最後一站。山帝崇拜的諸神把大理石腦袋埋在土色毛巾裡。他永遠無法與他熱愛的基奴．李維一起進入母體，或者與東尼．達可[2]一起環遊瘋狂世界、聆聽〈晨間天使〉（Angel of the Morning），或者吃惡魔千層蛋糕。山帝以一顆思索的心，透過一個行進的夢，對歷史提出廣泛的再詮釋。現在，他將追尋自己的伊曼其諾國度，他將親自駕馭那艘充滿魅力的船。

獻給山帝

夏日延伸。向日葵四處綻放。孑然一人，我幻想狼群哭嚎。我追隨牠們，沉重跋涉冰雪大地，經過一棟薑餅屋，看到整個村子被困在冰原，冰原大如「十三殖民地」[3]裡最小的一個。漂浮的殖民地。我抬頭看太陽，條條光芒分明，像出自孩童的畫筆。

八月五日，山帝的生日，也是我兒子的生日。我打開書桌第一個抽屜，找出他寄給我的最後一個包裹，它在我旅行時抵達，始終沒打開，塞在那裡。他經常寄驚奇禮物，沒有特別緣由——阿茲塔克巧克力、西雅圖紅鮭魚罐頭、蕭提指揮《指環》四部筆記。我把禮物、半磅栗子通心粉打包，帶上一點蔥，搭地鐵到我洛克威爾海灘的小木屋。跟斑駁的氣旋式鐵門密碼鎖奮鬥了半天，因為乾鹽粒卡住號碼。我的前院像戰場，拔高的長葉車前草與白雪花球糾纏。

一入內，我就大開窗戶。我好幾個星期沒來洛克威爾，房子需要通風透氣。撢中國地毯的沙子，給紅磚地板吸塵，以烏龍茶拖地。我想喝咖啡，雀巢咖啡罐裡卻只剩潮濕結塊的咖啡。

我打開小包裹，可以想像山帝急乎乎寫地址，用了太多膠帶封貼。「死之華」樂團的CD，是超具實驗性、很難弄到手、眾人覬覦的《灰摺》（*Greyfolded*）專輯。山帝曾答應找給我。他辦到了。我大聲說，山帝，生日快樂，謝謝你的禮物。我感覺異常平靜，甚至輕鬆。洗碗碟，準備通心麵，盤子擱腿坐在前廊吃，凝視前院，頑強的大指草已經驅逐了藥草與野花，彷彿印第安平原上的屯墾者。

我坐著不動，沒起身拿工具，沒砍草，也沒拔草，突然覺得自己死了。不。不是死。是超脫塵世。一種令人感激的死亡[4]。我能看見一生從眼前匆匆閃過，頭頂一輛飛機飛翔，再過去就是海洋，「死之華」樂團〈暗星〉（Dark Star）一曲音符不斷展開，穿過紗門格子。我不想起身，只讓自己穿越時空，到我尚未認識山帝、尚未聆聽華格納前，到另一個夏天，那時，一個年輕女孩與一個同樣年輕的男孩在「電子馬戲團」[5]跳慢舞，青澀相戀。

1 此處是華格納歌劇《帕西法爾》的劇情。

2 東尼・達可（Donnie Darko）是同名電影《怵目驚魂28天》（*Donnie Darko*）的主角，有穿越蟲洞的超能力。

3 十三殖民地（thirteen colonies），大英帝國時代在美洲建立的十三個殖民地，現成為美國的一部分。

4 此處作者用 a grateful kind of dead，正好呼應「死之華」（Grateful Dead）團名。

5 電子馬戲團（Electric Circus）是作者年輕時經常造訪的舞廳。

黑色蝴蝶

Black Butterflies

我什麼也沒說，山姆也是。他以書寫填空孤寂，追求獨自一人即可達成的完美。

八月最後幾天，我到肯塔基與山姆一起。整個下午都在工作，黃昏時到後院稍事喘息。圍繞花園的石架有奇怪動靜，吸引了我。黑蝴蝶覆蓋石架，難以計數，層層堆疊，在微光中奮力抖翅。低鳴聲像是輓歌，黑翅則是牠們的喪服。我突然想起孩子們的祖父杜威過世時，我拍的葬禮照片，我的兒子戴牛仔寬邊帽，女兒穿黑色洋裝。

重回屋內，山姆抬起頭對我微笑；我們馬上重拾工作，對最近完成的初稿做首度潤飾。省卻手寫的麻煩，他口述數處更正及新插入的句子。他曾對我說寫作必須絕對獨處，但是現實需要改變了他的寫作過程。山姆調整自己，對自己能專心於某件新事物頗感鼓舞。

他的妹妹羅珊幫我們泡茶。她說，妳在咳嗽。山姆笑了，說，她那見鬼的咳嗽已經四十五年了。山姆坐在輪椅裡，模樣堅忍，雙手擱在桌上。他的舊 Gibson 吉他放在角落，再也不能彈了。現實打擊甚大，他不

兒子傑克森與女兒潔西，底特律

能敲打字鍵，不能給牛隻套索，沒法再大費周章套上牛仔靴。我什麼也沒說，山姆也是。他以書寫填空孤寂，追求獨自一人即可達成的完美。

我們繼續，我朗誦、謄寫書稿。同時間，山姆大聲說出書寫內容。比較深層的挑戰是「拯救孤寂」。寫作，孤寂必不可缺，那種即便被拋入虛空，也必須時刻牢牢掌握的東西。就像《2001太空漫遊》裡的太空人永遠不死，只是在永不停息的影片現實裡前行、前行，直至無限小，在那個宇宙裡，《不可思議的收縮人》[1]持續收縮，孤獨是永恆主宰。

山姆好脾氣地說：「我們變成貝克特的戲劇了。」

我想像我們固著於廚房餐桌旁，各自躲在一個有錫蓋的桶子裡，醒來，探頭，喝咖啡吃花生醬吐司，坐等太陽升起。我們計畫自己的孤獨生活，不是在一起仍孤獨，而是各自孤獨，也不干擾別人的孤獨。

他又說了一遍：「是啊，貝克特的戲劇。」

夜幕降臨，羅珊服侍他睡覺。我躺在摺疊床，就在他身旁。

他說：「妳還好嗎？」

我說：「是啊，很好。」

「晚安，佩蒂・李。[2]」

「晚安，山姆。」

我躺著聽他的呼吸。房間無窗簾，我能看見樹的剪影。月光照亮角落的細弱蛛網、山姆的床腳，以及我們之間的矮茶几，上面堆滿書，我的腳伸出被褥。窗外夜景呼喚我。沒法睡。我起身出外透氣，仰望星空、聆聽蟋蟀與牛蛙大聲歡唱。我用手機照明，回到花園。黑色蝴蝶仍在，一動也不動，覆蓋花園牆壁的部分石架，我不知道牠們是死了，或只是深眠。

1《不可思議的收縮人》（*Incredible Shrinking Man*），一九五七年的黑白電影，男主角受到不明輻射，身體不斷縮小，困在地下室。

2 作者的中間名為李（Lee）。

護身符

Amulets

那個世界雖沒什麼，卻似乎對每個難以啟齒的問題都有答案。

我的混亂，我置身中心。二十年來的拍立得照片一箱箱靠牆堆放。想起我應允的任務，開始大海撈針找照片，多數是雕像、聖壇、廢棄旅館。數小時後，仍找不到我答應給厄羅尼斯的照片——博拉紐的遊戲。我感到一絲遺憾，但是就算我找到，也不知該寄去哪裡。**原地打轉**。**原地打轉**。記不起這是哪首歌的歌詞。**原地打轉**。我被城市街道山嶺的影像包圍，卻怎樣也認不出地點，它們像小小線索，指向多年懸案。

我把去年左右的照片分開。店後方牆上掛滿《狼少女》海報的「在橋上」簡餐店。「咖啡」兩字大到與店內不成比例的咖啡店。未整理的床鋪。厄羅尼斯的卡車，角度很差。一隻鶺鴒棲息於WOW簡餐店的招牌上。凌志轎車行走間的照片，幸運手串垂掛駕駛盤上方。凱蜜有許多這類幸運物。她說每個背後都有故事。

凱蜜、厄羅尼斯、海蘇斯，還有那位金髮女郎，都是另類現實的人

博拉紐的遊戲

物，綜藝七彩世界裡的黑白剪紙。招牌與海灘保全也是。在那場匪夷所思的初冬戲劇裡，那個世界雖沒什麼，卻似乎對每個難以啟齒的問題都有答案。

我把拍立得照片堆回盒子。在一個馬尼拉紙夾裡找到幾個玻璃紙信封，裡面有些照片：畢爾包古根漢美術館，布拉內斯五〇風格海濱旅館大廳。這些顯然是我喜歡的照片，所以單獨放置。我的鞋子。維吉爾的墳墓。大霧中的兩棵菩提樹。一張接一張，項鍊上的幸運物繼續漫遊。一個黑色捲髮小女孩身後就是博拉紐的遊戲。無甚可觀。只是櫥櫃內部。卻是我在找的東西。

我坐在地板，心滿意足，這場搜索並非徒勞。我望著照片中的微笑小女孩，那是博拉紐的女兒。她不玩爸爸的遊戲，有自己的遊戲。我想像數個這樣的小女孩，繞圈圈，以不同語言唱歌，卻渾然一致。突然我

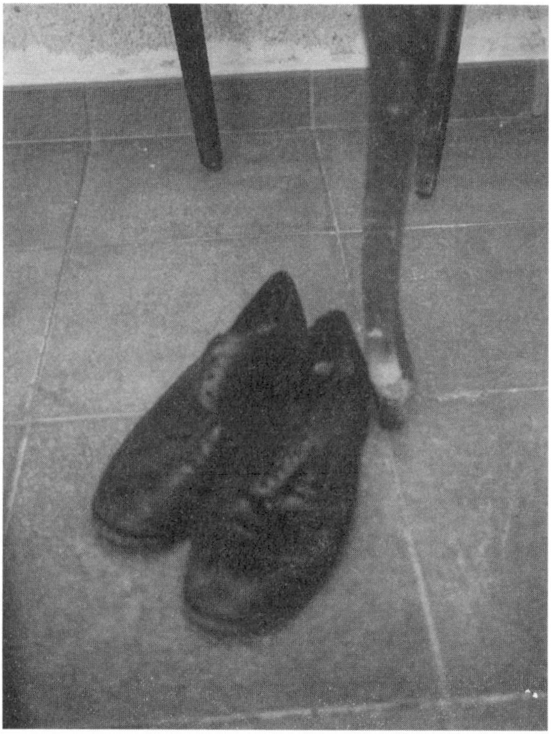

我的鞋子

累了。仍坐在那兒背靠床，想要解開糾成一團的頭髮。腦海突然浮現短暫回憶：我在解開兩個金鏈。一對懸掛式幸運物，兩個相同金色圓圈與臉孔，一個特寫，一個模糊。

尋找伊曼其諾

In Search of Imaginos

我行過荒蕪，追隨米蒂亞的涼鞋腳印，一如她追隨傑森。金羊毛熠熠生輝，灼傷那些大膽窺視它的眼睛。我看到米蒂亞的透明心燃燒，血液沸騰。

伊曼其諾靠近太陽，吟唱無人知曉的歌曲，故事遂無結局。

——山帝．皮爾曼

我走到大西洋道尾，以前我在那兒買指甲花染料跟別處找不到的雷鬼唱片。我翻撈廢棄戲院前的幾個滿溢垃圾桶，裡面裝了不要的戲服，秋老虎豔陽下，亮片袍子、綴珠裙子閃耀。我找到一件脆弱的絲洋裝，尺寸很大卻輕如無物，好像某個好鬥的蜘蛛工廠的產品。我脫下夾克放在垃圾箱頂，把洋裝套到我的T恤與棉布連身工作褲上。繼續翻找，找到一件外套，也是很輕，有點破損。是我喜歡的那種外套，無車線。下襬與袖子上都是小洞。右邊口袋有條橡皮筋，與線頭糾纏。我挽起馬尾，走向金屬坡道，在「傑佛森飛船」落座。我說的是飛機，而非樂團[1]。細看才發現不是飛機，而是休旅車，徹底困惑。司機打開收音機，正在播報棒球賽，無線電插播，講的是另一種語言，極富音樂性，可能是阿爾巴尼亞語。司機忽略我的指示，走了另一條路，不理我的質疑。他不斷抱怨，搔抓肥壯手臂，皮屑掉落黑色皮扶手。上了橋，碰上大堵塞，只是那不是普通的橋，會輕微搖晃。我超想奪車而出，徒步而行。

就是這樣。不管我走哪個方向，搭什麼飛機，都困在猴年。人工化的光明遠景從邊角開始腐蝕；過於現實的選前兩極對立宛如山崩；毒氣有如雪崩滲透所有邊陲。我始終停留在這樣的氛圍。我不斷抹掉鞋上的狗屎，繼續幹活，盡其可能，活著。雖然邪惡失眠緩慢蠶食我的夜晚，破曉時，讓位給不斷重播的世間哀痛。我搞到有時開著右邊床頭的小電視睡覺。避免新聞，我選了隨選視頻台，隨便挑一集《駭客軍團》（*Mr. Robot*），調小音量，我發現戴連兜帽的駭客艾略特[2]語氣單調，有紓緩作用，讓我置身靈薄獄（limbo），那跟睡眠也差不多。

十月初，藍尼跟我飛到舊金山參加山帝的追悼會。一股不理性的怨氣油然而生。他的追悼會應在阿什蘭舉行的，一樓的圓形舞台演出全套《指環》，不分幕，悼念者每小時換位，從不同角度觀賞《指環》。山帝的意外離世留下一個坑洞，隨之而去的是他對華格納、亞瑟・李、吉姆・莫里森、本杰明・布里頓、《科利奧蘭納斯》、《駭客任務》的熱愛，還有原本會拆解又重組戲劇領域的革命性《米蒂亞》。因為沒有親人，朋友遂以親愛口吻致詞，幽默提及他在石溪大學的時光、他對音樂科技的貢獻、他的歌曲，以及他製作的「藍色牡蠣膜拜」樂團作品多具前瞻性。他也是麥吉爾大學頗受尊重的講師，專長古典音樂與重金屬音樂的微妙聚合。

羅妮・霍夫曼與夫婿羅勃、唐肯[3]是山帝的終身守護天使。在他艱困複雜卻以失敗告終的療癒期，始終伴隨左右。他們鮮活細訴與山帝幾十年的情誼。熠熠生輝的回憶鏈與我的交織，我想起許久以前，我們開他的跑車到大都會博物館的修道院分館，他想讓我看神奇掛毯〈獵捕獨角獸〉（The Hunt of the Unicorn），一個十六世紀的正典級作品，不知名人為不知名貴族織成。那些圖像掛毯非常巨大，至少十二呎高，以棉卷、絲、金屬線、銀線與鍍金緯沙織就。

山帝與我站在〈圍欄中的獨角獸〉（The Unicorn in Captivity）[4]前。那隻神話動物被木圍籬圈住，遍地野花圍繞，生氣勃然，尚未死去。山帝就是語言的巧妙織者，勾勒出獨角獸被捕的恐怖過程，牠先是被迷惑，而後被處女背叛。

山帝嚴肅地說：「獨角獸是愛情恐怖力量的隱喻。」

獨角獸屈跪，渾身發光卻挫敗。之前，我只在書本裡膜拜過這幅，完全不知這掛毯如此宏偉，它的內在力量勾起我們深埋的信念：神話動物

〈圍欄中的獨角獸〉，紐約大都會博物館修道院分館

真實存在。

他繼續說：「這獨角獸就跟妳我一樣真實活著。」

藍尼輕拍我的肩頭，帶我走向一個小舞台。我們表演了〈蒼白藍眼睛〉（Pale Blue Eyes），以及緩慢且具儀式意味的〈八哩高〉（Eight Miles High），這兩首作品對山帝深具意義。藍尼閉眼彈電吉他。我則心煩意亂，疏離，好像妮可在表演紀念藍尼．布魯斯的悼詞一樣[5]。

最後，「藍色牡蠣膜拜」樂團頗富魅力的鼓手艾勃特．布夏（Albert Bouchard）表演山帝的經典作品〈天文學〉（Astronomy），只用一把空心吉他。鑑於這首作品的威嚴龐然，此舉，相當無私。多年前，我曾跟山帝看過此曲的現場演出，體育館有一萬八千名觀眾，布夏掌舵帶領「藍色牡蠣膜拜」樂團演出，我跟山帝為之目眩。現在布夏一個人，悲情演繹〈天文學〉，打破在場者的堅忍自制，大家都哭了。

藍尼跟我重新步入夜色，穿越中國城。行經我上次經過的「三不猴」長椅。我們走了好久好久，在舊金山街道爬高竄低，在菲爾莫爾與費爾街轉角喘氣休息。我穿了那件在大西洋街垃圾桶找到的衣服。藍尼穿我老公以前的黑夾克，配黑牛仔褲與黑背心。我拉起裙襬繫靴子帶。

他說：「漂亮的洋裝。」

兩天後，樂團其他人跟我們在菲爾莫爾的山帝紀念音樂會碰頭。當我走出車子，兩個男人趨前。他們看起來完全不像，卻給我同一個人的感覺。光頭那個遞給我一串項鍊。我連看都沒看就塞進夾克口袋，然後爬上通往舞台門的鐵梯，想像傑瑞・賈西亞也做同樣的事。藍尼已經等在那兒迎接我，幫我打開厚重的鐵門。我愣了一會兒才向前，突然體悟每個動作都是過往的複製。

那晚表演〈千舞之地〉（Land of a Thousand Dances），我在器樂獨奏

時閉上雙眼，即興朗誦，遠至巴爾幹，米蒂亞的故鄉。我行過荒蕪，追隨米蒂亞的涼鞋腳印，一如她追隨傑森。金羊毛熠熠生輝，灼傷那些大膽窺視它的眼睛。我看到米蒂亞的透明心燃燒，血液沸騰。她雖是大祭司，卻也只是個鄉村女孩，無法抗衡傑森族人的詭詐。只能從本我汲取力量，假扮狐狸，混淆獵者。她的孩子們熟睡，那也是傑森的兒子。她愛他，他卻背叛她。我看到她舉起套著沉重手鍊的白皙手臂。金羊毛失去光澤。匕首刺向小小的心臟。

樂隊轟然演奏，觀眾喧嘩，同時爆發。或許他們也追隨傑森的金羊毛線卷跳上米蒂亞的羊毛，遇見伴隨而至的恐怖古代魔法，但是沒關係。我是為山帝而唱，也是為他噴發詩句。我牢記他的閃亮笑容、冰藍雙眸，不禁感到片刻的狂喜傲慢覆蓋這個歌劇＋神話＋搖滾的聖壇。我與他同在，站在不可力挽的悲劇懸崖邊，感受彼此。

1 傑佛森飛船（Jefferson Airplane）也是樂團名字。

2 艾略特・奧爾德森（Elliot Alderson），《駭客軍團》的主角。

3 羅妮・霍夫曼（Roni Hoffman）是著名攝影家。

4 〈獵捕獨角獸〉合計共七幅掛毯。

5 〈蒼白藍眼睛〉是樂團 Velvet Underground 的名曲。〈八哩高〉則為搖滾樂團 Byrds 的作品。妮可（Nico）是 Velvet Underground 的主唱之一。她曾寫了一首歌曲紀念喜劇演員藍尼・布魯斯，叫〈Eulogy to Lenny Bruce〉。

為什麼貝琳達·卡萊兒很重要

Why Belinda Carlisle Matters

所有女孩都很酷，但是貝琳達才是那個知道如何跳舞的人……

旅館電話一直響。櫃檯的。哪個櫃檯，哪個城市，哪個月份？OK。十月。西雅圖。房間外的景觀是巨大空調設備。我來此演說「圖書館的重要性」。下午四點，我穿著外套便盹著了。穿去參加山帝紀念會的洋裝披在沙發上。抵達旅館後，我放下東西馬上睡著。暈頭轉腦，我洗把臉，準備演講，腦海核對我兒時經常造訪的一些圖書館，一卡在手，便可通向整個系列書籍：《波西雙胞胎》（*The Bobbsey Twins*）、《威格利叔叔與他的朋友》（*Uncle Wiggily and His Friends*）、《偵探佛萊迪》（*Freddy the Detective*）、全套的奧茲王國故事、還有《神探南茜》（*Nancy Drew*）。圖書館回憶與我自己的無數藏書交織，有的散落在床上，有的排在樓梯右側、堆在廚房小牌桌、靠牆堆在地板，高高的。

一踏入大廳，我馬上被包圍，火速被帶往演講會場，非常像電影《第三人》（*The Third Man*）裡的賀利．馬丁斯（Holly Martins）。他也是被一陣風似的帶離維也納旅館去演講，講題是美國文學裡的正宗牛仔。我也跟賀利一樣，覺得自己毫無準備。面對爆滿的聽眾，我想還是採取個人角度，談談一個九歲蛀書蟲女孩活在一家書店都沒、文化空虛的紐澤西南部郊區，幸好住家兩哩外有個小小的圖書館。

我談及書籍對我一向深具意義，每個星期六，我會去圖書館選下週要看的書。一個深秋早晨，儘管烏雲邪惡，我還是如往常整裝就緒，步行前往圖書館，經過桃子園、養豬場、溜冰場，來到通往唯一圖書館的交叉口。滿坑滿谷的書，一排排色彩繽紛的書背總是令我興奮萬分。我花了太長時間挑選，天色逐漸不祥。一開始我並不擔心，因為我腿長走路頗快，後來卻發現絕對趕不及在風暴來臨前回家。越來越冷，風兒加速，暴雨隨之而至，冰雹砰擊。我把書本揣進外套裡保護，路還很長。我踩到水窪，冰水滲入腳踝高的襪子。當我終於返家，我媽同情驚嘆搖頭，幫我準備熱水澡，叫我上床。我得了支氣管炎，缺課好幾天。但是值得。因為我借到了想要的書，有《奧茲國的Tik-Tok機器人》（*Tik-Tok Man of Oz*）、《半個魔法》（*Half Magic*）、《法蘭德斯之犬》（*A Dog of Flanders*）。很棒的書，我讀了一遍又一遍，因為圖書館，我才有機會接觸它們。當我回溯這個故事，發現有觀眾以手帕拭淚，他們認得那個書迷小女孩，那也曾是他們。

第二天一早，我起床後在「露比」喝咖啡。我記得幾年前結束摩爾劇院演出後，與藍尼、山帝在此處吃東西。摩爾是西雅圖最古老的劇院，以埃及風裝潢醜名在外。偉大的尼金斯基、安娜・巴甫洛娃[1]在這裡的舞台跳過，莎拉・伯恩哈特、馬克思兄弟、埃瑟爾・巴里摩爾、胡迪尼都曾在這兒演出絕活[2]。這劇院一度黑白種族隔離，有色人種被指定坐到上面包廂。此汙點不無反諷之處，那恰是音響最好的座位。有一年，我跟山帝開車到阿什蘭看奧勒岡莎士比亞節的《科利奧蘭納斯》。或者套句山帝的話，目睹莎翁筆下提昇至近乎神祕層次的「傲慢之崩亡」[3]。我吃完早餐，踱步過去給「生命麵包教會」（Bread of Life Mission）捐錢。一個流浪漢穿戴灰色長外套與紫色水手冬帽，正以粗大的粉紅色蠟筆在磚牆上塗鴉。我走過去，地上有紙板搭的簡易床鋪，我在床邊的杯子放了五元，看著字跡在他手下逐漸浮現：**貝琳達．卡萊兒**[4]**很重要**。

我問：「為什麼？為什麼貝琳達．卡萊兒很重要？」

他瞪了我很久，之後，瞪了更久，久遠到城市仍是山丘時。他收回眼神，看看自己的背後，又低頭看鞋，最後抬起頭，低聲回答。

「她有節奏。」

這一刻還真是非常「山帝」。如果他在這兒，會說這是重大真理。

我只是聳肩笑了，我不懷疑他的說法，卻也覺得沒什麼重要，直到數天後，回到紐約，無法入眠，我不斷轉台，停在某個電視購物音樂節目。好像是那種二十二張一套八〇年代合輯CD，或者是女子樂團合輯之類的，電視上是Go-Go's在某個英國流行音樂節目表演〈我們節奏上身〉（We Got the Beat）。所有女孩都很酷，但是貝琳達才是那個知道如何跳舞的人，不是很炫的動作，有點像《海灘性狂歡》加上一點現代搖擺、一點法國芭拉蒂絲[5]，內搭褲加高跟鞋。我大聲說，沒錯，貝琳達，妳有節奏。

她的生氣活潑極具感染力。我想像一種不狂暴的「驕傲」灑遍大地，就像電影《西城故事》裡的男孩們唱著**當你是架飛機**，漸次囂擺昂揚，成千上萬的女孩男孩湧向空曠處，採取貝琳達．卡萊兒的舞步，唱著**我們節奏上身**。士兵放下武器、水手離開崗位、小偷遠離犯罪地點，我們一起成為某個輝煌音樂劇的中心，其中，沒有權勢，沒有種族，沒有宗教，沒有歉意。這幅宏大奇景奔過我的腦海，我的一部分跳起身，滑行上路，進入場景，加入逐漸龐然無限的合唱，就像生命之書，翻頁間，布萊克的天使湧現而出[6]。

---

1 尼金斯基（Vatslav Nijinsky），波蘭舞者與編舞家。安娜・巴甫洛娃（Anna Pavlova）俄羅斯芭蕾舞者，素有芭蕾女皇之稱。

2 莎拉・伯恩哈特（Sarah Bernhardt），法國舞台劇與電影女演員。馬克思兄弟（Marx Brothers），美國著名喜劇兄弟檔。埃瑟爾・巴里摩爾（Ethel Barrymore），美國舞台影視廣播演員。胡迪尼（Harry Houdini），著名魔術師。

3 《科利奧蘭納斯》的主角是羅馬貴族，非常鄙視平民，個性狂妄，以自己的品格視為最高標準，雖是戰功彪炳，獲得人民愛戴，最後仍因高傲被人民唾棄而敗亡。

4 貝琳達・卡萊兒（Belinda Carlisle），The Go-Go's樂團的主唱。

5 《海灘性狂歡》（*Beach Blanket Bingo*）是六〇年代的系列海灘派對電影。芭拉蒂絲

（Paradis）此處講的是強尼・戴普前女友凡妮莎・芭拉蒂絲。

6 此處是指詩人威廉・布萊克（William Blake），他寫過關於天使的詩，也畫過天使。

聖座

The Holy See

我對猴年的選舉有不祥之感。大家說，別擔心，多數決啊。我回嘴，
不，是沉默決。

墨西哥亡靈節。小巷有糖骷髏裝飾，空氣中，瘋狂滯留。我對猴年的選舉有不祥之感。大家說，別擔心，多數決啊。我回嘴，不，是沉默決。那些不投票的人決定了選舉結果。誰又能怪他們。整場玷汙的選舉充滿謊言，與揮霍浪擲連成一線。數百萬元扔進電漿電視這個無底洞，花在無數引人爭議的電視廣告上。真是黑暗的日子。這些資源本可用來去除頹圮校園圍牆的含鉛漆、給遊民蓋收容中心、清理骯髒的河川。捨此不為，某候選人把鈔票絕望扔進坑裡，另一候選人猛蓋以自己命名的空洞大廈，另一種不道德的浪擲。儘管疑慮重重，我還是投票了。

開票日，我與一群好同志一起看大螢幕電視播放「美國大選」這齣難看肥皂劇。我們一個個蹣跚踏入黎明。惡霸咆哮，沉默者決。百分之二十四的人民選出「我群最劣一員」來代表另外百分之七十六的人。膜拜啊，美國式漠然；膜拜啊，美式選舉人團的扭曲智慧。

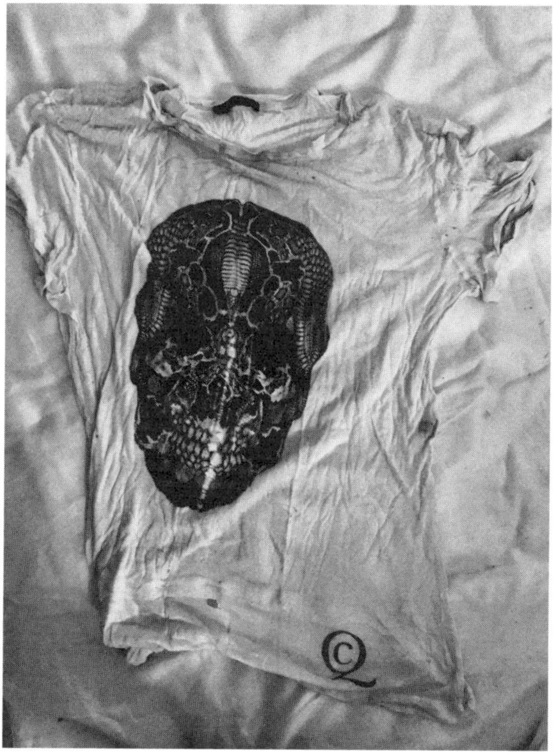

墨西哥亡靈節。
亞歷山大・麥昆的T恤

睡不著。我走到地獄廚房[1]。幾間酒吧已經開門，要不，就是根本沒打烊，沒人清掃，也沒有人整理卡座迎接新的一天。或許否認有新的一天，或許企圖遏止它的來臨。垃圾高喊：現在還是昨日，地獄還有最後機會。我點了一杯伏特加跟一杯水。挑出兩杯飲料的冰塊，扔到一盤早就不新鮮的椒鹽捲餅裡。收音機正在播歌。是真正的收音機。比莉．哈樂黛（Billie Holiday）唱〈奇異果實〉（Strange Fruit），她的聲音有種老練的痛苦，讓人敬佩又羞愧。我想像她坐在這個酒吧，鬢際一朵梔子花，膝上一隻奇娃娃。我想像她穿著皺巴巴的白裙與襯衫，睡在滿是柴油味的巡迴演唱巴士上，因為一家南方白人旅館拒絕她入住，儘管她是比莉．哈樂黛，儘管她也是人。

吊扇積滿灰塵。我望著它轉動，應該說它的轉動弧線。我鐵定是盹著了，抓住另一首飄逝歌曲的片段。**紐約，我愛你，但是你讓我失望**。松樹覆蓋山稜，籃子裡的早餐蛋。

「再來一杯？」

「我不太能喝，黑咖啡就好。」

「要牛奶嗎？」

女侍很漂亮，但是嘴唇垂了一塊乾皮。我忍不住看。在我的腦海裡，它越變越大越重，脱離，墜入一碗想像的蒸騰清湯，而那湯擴大成冒泡水塘，浮起一個生命模仿物。我搖搖頭。隨意一點小事就能讓我們思想馳騁。該走了。但是一小時後，我仍坐在那兒。我不餓也不渴，但好像該點些什麼，畢竟已經在這兒杵了一個多小時，可是沒人在意，或許，我們都陷入相同的選後麻痺。

日子過去。已成事實的無法改變。感恩節走了，聖誕節將臨。我漫步購物街頭，隨著心內節拍行進：**別給我買東西。別給我買東西。**罪惡感潮濕覆蓋失敗的乾萎粒子；為什麼有這樣的爛結局？社會不平衡的再次吶喊。平安，平安夜。錫箔紙包裹的步槍，放在金色小牛裝飾的假樹下，射殺目標就在大雪覆蓋的後院深處。

未屆凜冬，卻幾無溫度。跨過休士頓街，我瞧見聖安東尼教堂前的耶穌誕生圖佈置裡沒有耶穌寶寶。沒有鳥兒棲息聖方濟肩頭。戴白色髮飾的石膏少女忙著安排無人參與的盛宴。我感到空前飢餓，空前蒼老。拖著腳步爬上樓，喃喃：**一度我才七歲，現卻即將七十**。我真的好累。**一度我才七歲，現卻即將七十**。頹坐床角，大衣還穿在身上。

無聲憤怒會為我們插翅，讓我們有機會取得工具扭轉時間，並讓所有時間合而為一。我們修理時鐘，放大扭轉時光的內在能力，一舉回到十四世紀，那是喬托之羊[2]初現時。當哀悼隊伍隨著拉裴爾的棺柩前行，文藝復興鐘聲宣告退場，但是當最後一鑿揭露基督的乳白身軀，鐘聲再次響起[3]。

文藝復興大師與我各奔前程，我發現自己置身范・艾克兄弟畫室的陰暗角落，空氣裡有全蛋與亞麻子油味。在那兒，我看到畫家勾勒水波，精準，引人生津。我注意到弟弟楊・范・艾克以畫筆尾的貂毛輕觸，為神祕羔羊的傷口增添濕潤[4]。我急忙離開，以免撞上畫家，繼續前往尚未開展的二十世紀，飛過生機盎然的鄉間綠野，點點十字架紀念一次大戰被屠殺的好男兒。它們並非無法捕捉的夢，而是生猛鮮活時刻。置身流動時光，我目睹神奇之事，直到疲倦萬分，繞飛老舊磚房排列的小街，尋找天窗積灰的那個人家。門鏈未鎖。我進去，脫帽，抖掉大理石灰。抬頭向群星說，我很抱歉，時光飛逝，任何兔子都追不上[5]。我步下梯子，清晰知悉自己去過哪裡，再次說，抱歉。

十二月三十日。踩著深及腳踝的慶祝五彩碎紙，我滑過七十歲生日，踏入年末。我對伴我旅行多處的靴子說：**新年快樂**。一年前，我做了相同的事。一年前這一天，我住進「夢汽車旅館」，某些事懸而未決，但是招牌預告我會去烏魯魯。一年前這一天，山帝．皮爾曼還活著。一年前這一天，山姆還有辦法自己泡咖啡，用手寫作。

---

1 地獄廚房（Hell's Kitchen）美國紐約曼哈頓的一區。
2 喬托．迪．邦多納（Giotto di Bondone），文藝復興之父，小時做過牧羊人。
3 作者此處依文藝復興大師年代排列，拉斐爾之後是米開朗基羅。
4 此處是范．艾克兄弟創作的〈根特祭壇畫〉，〈神祕羔羊之愛〉是重心。
5 這裡是指即便《愛麗絲夢遊仙境》的兔子，也無法使時間停留。

神祕羔羊

The Mystic Lamb

意志昂揚卻冷靜自制的羔羊承受世間所有苦難，依據預言所示，站在祭壇上，鮮血從體側滴落聖杯。自此，飢渴不再是飢渴，傷口不再是傷口……

山姆在某個我沒聽過的小鎮過冬，位於西部邊陲聖塔安娜旁。他溫柔命令：來吧，這是個雨下不停的小鎮。因此，我以近乎虔誠的輕裝踏上旅程，打包了一件雨衣、法蘭絨襯衫、一些襪子，以及〈根特祭壇畫〉的畫冊，雖小，卻鉅細靡遺。上了飛機，我盡量不想局勢現況，不想任何不快之事。有點亂流。我不在意，那是氣候擾亂使然，並無人為意圖。我打開小畫冊，專心看偉大的祭壇畫，這是我喜愛已久的專注事項。

這個了不起的四聯畫是十五世紀法蘭德斯畫家休伯特與楊・范・艾克兄弟畫在橡木板上。整個祭壇畫表達豐富，甚受觀者崇敬，認為是聖靈之傳達。就像大天使是神聖器具、上帝來電的肉體化身。祭壇畫外側的〈天使報喜〉勾勒聖母瑪利亞接到這樣的電話，來電化身是大天使加百利；觀者只能想像天使傳遞的這個消息對聖母瑪利亞而言，交織放射出何等灼人的恐懼與舉揚。處女瑪利亞跪在萬花筒的虛空裡[1]，她的周邊只有

沒有一絲浮誇。
范・艾克兄弟巨作〈根特祭壇畫〉，比利時

古銅金色、倒過來的話語裝飾。那不是耀眼金箔，只是法蘭德斯金片，由舉世無雙的法蘭德斯畫手完成。我有一次觸碰〈根特祭壇畫〉的外側板，頓時充滿崇敬，非關宗教，而是對完成此畫的畫家，我能感受他們激盪的靈魂與神奇專注的冷靜。

〈根特祭壇畫〉的內側上層，瑪利亞再次出現，這次態度較為鎮靜，坐在聖父與聖子之旁。她微微低頭，話語在她的頭頂形成雙層光環，宣稱她是榮耀君王的無瑕鏡子。儘管輝煌綴飾，瑪利亞卻簡樸撼人，一種匹配「受苦之后」的甜蜜本性。

內側下方是祭壇畫的重心〈神祕羔羊之愛〉（The Adoration of Mystic Lamb），據說有時引發觀者暈眩。這是透過藝術具現的神聖奧祕。意志昂揚卻冷靜自制的羔羊承受世間所有苦難，依據預言所示，站在祭壇上，鮮血從體側滴落聖杯。自此，飢渴不再是飢渴，傷口不再是傷口[2]，

薩繆爾·貝克特，電話，都柏林

雖然未必是以我們想像的方式。

我闔上畫冊，揣想未來會如何？不管是美國還是人類全體。羔羊的眼神堅忍，但是仁慈之血或許有終盡之時，不再滴流？我想像屆時春日萎謝，樂善之泉乾涸，星辰不祥聚合。

太陽穴悶痛。我的袖口有汗漬，是沾到畫家調色盤裡用來點畫羔羊傷口的黑墨？這事真的發生嗎？我不記得臉孔，卻知道自己哭了，雖是淚水無鹽。我記得僅僅數日前曾呆站於此，然後從〈神祕羔羊之愛〉場景殘酷被拋回現在。我望向西部天空，揣想袖口的汗漬至少跟回憶一樣真實吧。

山姆不久前才問：「何謂真實？時間真實嗎？現實中死去的手，與夢境裡會寫字會開車的手相較，何者更真實？誰知道何謂真實，誰知道？」

到了舊金山，我搭接駁機到聖塔安娜。山姆的妹妹羅珊在機場接我。就像山姆說的，此處天空始終灰暗且下雨，她的開朗神情真是大受歡迎的喘息。我們停在一棟白牆板小屋前。我爬上臺階，山姆尚未看見我，我已瞧見紗門後的他，他此刻像極貝克特，我依然懷抱希望，我將不致孤獨變老。

我們在小廚房工作，我睡沙發，可以聽見雨點不停打在遮蓋前廊的雨篷上。我們遠離肯塔基、山姆的房產與他的馬。遠離他所有的一切。日子聚焦於他的初稿，這注定是他的最後一本書，是他對生命的冷淡情書。偶爾，我們眼神交會。沒有面具、沒有距離，只有當下，工作是首要之務，我們全得聽命。晚間，書稿置之案頭，我們開心進行儀式，把山姆的輪椅弄下前廊臺階，步行進城，到提供墨西哥熱可可的簡餐店進餐。我略略落後，細雨飄忽，恍惚間，好像回到我與山姆挽手踱步格林威治村巷弄的昔日。

小屋周遭的死寂令人不安。晚間散步時，四周無人。我厭恨自己的坐立難安。山姆也察覺了，他明白，因為他也是這樣的人。當我必須離開加州，依然下雨。我與羅珊坐上車，離開白牆板房子、常春藤攀爬的格子涼亭、超大的儲水塔。我保證維持聯繫。**飢渴不再是飢渴。傷口不再是傷口。**車抵聖塔安娜機場，我檢查手機，沒有天使的信息，沒來電，響都沒響。

1〈天使報喜〉的構圖為十二個小圖。上下為先知聖人與出資作畫者，中幅為天使加百利在左，瑪利亞在右，居中是窗外街景與室內櫥櫃。構圖上有萬花筒意味。

2〈神祕羔羊之愛〉典故出自聖經啟示錄，羔羊象徵耶穌為世人的犧牲，而神必不使人飢渴日曬。

金色小公雞

The Golden Cockerel

這是一月二十八日。雞年已至，一隻胸口鼓脹、羽毛太陽豔黃的討厭東西叫著：太晚了太晚了太晚了。猴年結束，這隻火焰公雞等在舞台側翼，輝煌入場。

總統就任前一晚是殘月。我想忽視喉頭緊鎖、恐懼漸增的感覺，真希望一覺醒來就結束了，李伯大夢式的睡。早上，我前往三十二街的韓國芳療院，在紅外線桑拿房待了近一小時。猛咳，濕黏面紙堆積成小山，想到赫爾曼·布洛赫禁錮於牢房，腦海卻編出《維吉爾之死》的大綱[1]。我想到那不勒斯的維吉爾墳寢，屍骨根本不在其中，他的骨灰早在中世紀時便離奇失蹤。我想到湯姆斯·潘恩說「**值此正是試煉人們靈魂時**」[2]。外面，雨停了，大風仍不止。已成事實者仍為事實。這是猴年最後一天，金色小公雞已經啼叫，因為那個孰不可忍的金髮自大狂已經宣誓就任（不管有沒有拿聖經），而摩西、耶穌、菩薩、穆罕默德全不知去了哪裡。

第二晚，唐人街鑼鼓喧天，龍嘴吐出紙火焰，好像巨大的拉線玩具。這是一月二十八日。雞年已至，一隻胸口鼓脹、羽毛太陽黿黃的討厭東西叫著：**太晚了太晚了太晚了**。猴年結束，這隻火焰公雞等在舞台側翼，輝煌入場。我跳過農曆年遊行，但是待在前廊臺階看煙火。我突然想到猴年的始末，我分處東西兩岸，卻都錯過遊行慶祝。這也不奇怪，雖是地利之便，但我自小便很難全然投入慶祝活動，尤其畏懼感恩節遊行的巨大充氣物與行進樂隊，也怕默劇小丑的瘋狂興奮[3]。身處狂歡人群的漩渦，我內心總感迷失，就像《天堂的孩子們》結尾，貝提斯不由自主捲入瘋狂嘉年華一樣[4]。

儘管如此，數天後，我還是去了唐人街，到我信得過的藥房找一位草藥老專家，他曾幫我配過藥茶。他說，身體是反應中心，反映出症狀與疾病。這些痛苦不適都是對外在刺激、化學物、天氣、飲食的反應。一切關乎平衡。系統正在自我校正。不管是起疹子或者咳嗽，最後都會消失。人必須保持平靜，別在這些反應上耗費過多精力。他給我三包藥草茶。一包金色、一包紅色，另一包鼠尾草色。我把草藥收入口袋，再度踏入冷空氣，發現慶祝痕跡大多消失，只剩一些紙燈籠、一些彩色碎紙，以及撐在竿上的棄置塑膠猴。

我走到莫特街尾，踏下「和合飯店」階梯，和藍尼碰頭吃粥。七〇年代，這裡的鴨粥只要九毛錢。「和合」總是營業中，熱鬧，賣粥到清晨四點。那時我們都在這兒吃粥，經常是新年一早，當時我們很多人破產，現在多數已過世。藍尼與我吃粥喝烏龍茶，沉默感恩，因為我們還活著。他與我生日差三天，都七十歲了，滿頭白髮、向命運低頭。我們沒提就任儀式，但是此事沉重懸於空氣，焦慮的心自然聚合。

那晚我喝了金色包藥茶，一夜無咳。我夢見長長的移民隊伍從地球此端走到彼端，遠處廢墟應是他們的舊家園。他們穿越沙漠、荒蕪草原，以及窒息的濕地，在那兒，不可食的海藻形成寬帶，比波斯天空還亮，纏繞腳踝。他們拖著海藻帶、穿著哀傷衣裳往前走，尋求敞開的人性雙手，以及無人提供的庇護。他們經過大師設計的建築，財富鎖在百葉窗後、巨大石頭環繞的現代小屋，精巧隱匿於精心設計的濃密植被之後。屋內空氣乾爽，門窗噴泉卻都封鎖密隱，彷彿預期移民者的來臨。我夢見他們的苦難透過全球螢幕、個人平板、智能手錶放送，成為熱門的實境秀娛樂。人們看著移民隊伍跋涉殘酷大地，希望泣血而成絕望，一無所感，但是當苦難煥發成藝術，他們全動容嘆息。音樂家從麻痺狀態奮起，寫出痛苦的交響樂章。雕塑平地而起。舞者肌肉賁張，勾勒流亡者的苦楚，奔竄舞台，彷彿被浪遊的徒勞附身。儘管世界愚行永遠可靠運轉，眾人卻專注觀賞，宛若生根不動。我夢見猴子跳上這個困惑的鏡面大球，兀然起舞。夢裡，大雨如注似心碎復仇，我無視天氣，沒穿雨衣，步行前往時代廣場。人們群聚注視巨大螢幕轉播就職典禮，那個曾大喊國王新衣真相的少年大叫：「看啊！他回來了，你們把他放出來了。」慶典之後是移民審判的舊戲新演，還是連續劇。金陽下，木船棄置淺水。鍍金吉祥物從空而降，尖叫撲拍巨大雙翼。舞者因悲情倒鉤戳刺腳板痛苦扭動。觀者憤慨同情雙手緊扭，但是相較於跋涉大地者的周而復始、亟亟追尋風沙撫平的海灘字跡，這痛苦算什麼？你想勾勒我們？隨便。我們才是活生生的荊棘，刺人者與被刺者。我醒來，已成事實者無可改變。人鏈移動，他們的聲音有如昆蟲肆虐空中。人，無法接近真實，也無能攫取，因為世間並無真實牧者，而天堂亦無真實人世苦難。

1　赫爾曼．布洛赫（Herman Broch）是奧地利文學家，把擅長的群眾心理學寫進作品。德國入侵奧地利，布洛赫被捕入獄，在獄中寫了數首哀歌，後來成為《維吉爾之死》（*The Death of Vigil*）的一部分。《維吉爾之死》揉合現實與虛幻、詩歌與小說，描寫

我們才是活生生的荊棘。
登山杖，幽靈牧場

詩人維吉爾死前二十四小時的意識。此書龐大艱澀，至今仍無中譯本。

2 湯姆斯・潘恩（Thomas Paine）是美國思想家，「值此正是試煉人們靈魂時」（These are the times that try men's soul.）是他的名言。

3 默劇小丑遊行（Mummers parade）是美國費城的新年遊行。分為 comic, fancy, fancy brigade, string band 四部分。遊行者自備服裝化妝道具。

4《天堂的孩子們》（*Children of Paradise*）是一九四五年的法國黑白電影，貝斯提（Baptiste Debureau）是裡面的默劇角色。

月球一宿

A Night on the Moon

用不著看，用感覺，所有重要事物皆如此。它們自行降臨，出現在妳的夢裡。譬如，妳現在就在作夢。

這是家三流簡餐酒吧店。意指它有種無名氣質，可以同時掩飾又暴露鬼祟勾當。店位於棧道旁小巷，無名無奇，四壁蕭然，無可遮掩；卻也十分隱密，除了落魄傢伙、小組頭、警方線民，少有人來，是壞警察才能一眼認出的舊時代遺跡。

進入店內，環顧四周。同樣寥寥散佈的桌子，黃色漬點的亞麻地板，幾個卡座。大約二十年前，我來過這兒，那時他們有最好吃的火腿蛋，真正的維吉尼亞火腿。撞球台不見了，除此，昏暗依舊，毫無裝潢，除非你把山景月曆算進去。這樣的地方，大家奉行自掃門前雪。靠門坐了個傢伙，佝僂身體瞪著杯子，好似在解讀杯子紋理所放射的黑暗預言。身旁的菸灰缸塞滿菸屁股，好一幅靜物畫。遠處兩個男人低聲談話，腦袋都快隔著桌子靠到一處了。

我站在吧台旁，等人招呼。一個鍍金木相框四角黏了絲玫瑰，鑲著門牛士馬諾萊特（Manolete）的褪色照片。我想喝咖啡，卻只能點酒。我一口飲盡小杯中的伏特加，狐疑我怎麼淪落到這群悲哀酒客中。他們或許是浪遊者，雖非阮囊羞澀卻也不富裕。他們可能錯過船班，或至少錯過發達機會。

「這是什麼伏特加？」

「誰想知道？」[1]

「有點摻水，不過卻是上好伏特加。」

吧台假裝受傷。

「卡夫曼，俄國貨。」

我複述：「卡夫曼。」掏出口袋的掀頁小筆記本記下。

「是啊，但是這兒買不到。」

「可是你這兒不是有？」

「對，但是你不能在這兒買。」

我嘆口氣。這是夢嗎？一切都是夢？始於「夢汽車旅館」，到所有猴子惹的禍。我陷入反芻省思，突然察覺身邊有人。我火速瞄一眼酒吧，看到他。進門時，我沒注意，但的確是他沒錯，坐在半昏暗角落，從夾皮倒出摺疊物。自從他把我拋在類聖經景觀的荒蕪曠野，我便很少想到他。我決心捕捉他的目光，但是他對我視而不見。我心想**我們是在WOW相遇的。呃，也不算相遇，只是同坐一桌，開始聊天，談《2666》，聊聖彼得堡的賽狗**。厄羅尼斯顯然沒收到我的訊息，所以我走過去坐下來。他像是重拾未竟話題繼續說，有關《現代啟示錄》的開場。

「馬丁辛醉瘋了，超級勇敢，堪稱全片最猛的一幕，不知他們怎麼讓他辦到的？破鏡子，一堆血。不是電影假血。是真的馬丁辛的血。」[2]

然後他起身前往廁所。我到酒吧再點一杯酒。我不善飲，但是死寂午後，喝摻水的上好伏特加無害吧。我指指厄羅尼斯的座位。

「你知道他喝的是什麼？」

他說：「誰想知道？」掏出一瓶品牌不詳的龍舌蘭。我請他等個幾分鐘，然後把那瓶龍舌蘭拿過去，說是店裡請客。我放下一點錢。此時，一個女人拎著假髮盒與乾洗衣物入內，直接進入酒吧後的門。腦袋緊靠的兩男子沒回頭。事實上，不管是我還是她入內，都沒人動，毫無反應。我們是兩個入侵三流男人世界的女人。

我回到厄羅尼斯的桌子。兩人不安沉默靜坐一陣子。

我說：「我懷疑康拉德會喜歡《現代啟示錄》。」我只想打破沉默。

他說：「那是謠傳。一點事實根據也沒。」

「什麼沒根據？」

「《現代啟示錄》改編自康拉德的《黑暗的心》。」

「是啊，但是柯波拉的確說靈感來自它。美妙之處便在此，柯波拉把一個經典變成另一個現代經典。」

「二十世紀經典，稱不上現代了。」

他突然靠近我。

「你認為誰的心比較黑暗？馬丁辛還是馬龍白蘭度？」

我毫不遲疑說：「馬丁辛。」

「為什麼？」

「他還想活。」

吧台端了那瓶酒過來，給厄羅尼斯一只一口杯，說，自己倒，店裡請客。厄羅尼斯倒滿至杯緣。他說，這酒摻過水，然後速速一口飲盡。

「一切由心而生。醉醺之心。妳有酒醉經驗嗎？真正的爛醉如泥？大醉數天，愛上消沉的種種，投身荒謬的漩渦。」

這是他說的，然後又給自己倒一杯龍舌蘭。我突然想到從未見過他喝咖啡以外的飲料。當然，我對他所知甚少，譬如，不知他的姓。不過有時就是如此。你就是徹底理解一個半陌生人。不知姓氏、不知生辰、不知出身故鄉。只需眼神接觸。臉部的微微抽動。心理狀態的小小徵候。

他說：「他會蓋那堵該死的牆，經費來自窮人的口袋。事情以空前速度轉變。人們會開始討論核子大戰。殺蟲劑會成為食物的一個分類。再沒有歌鳥、野花。只有一堆崩毀的蜂巢，以及富人大排長龍準備登船到月球一宿。」

然後他靜默。我也是。厄羅尼斯看起來疲累，生活的蹂躪痕跡看似遠甚一年前。我能感覺苦澀哀愁滲透房間，變成窒息毒氣，散坐的寥寥顧客抬頭，彷彿聽見嬰兒啼哭。

他喃喃說：「我要去丹吉爾島[3]。」

我站起身，在筆記本寫下**丹吉爾島**，塞回口袋。厄羅尼斯微微點頭，沒表示我該留該走。我看到地板有個銅板，彎腰撿起來。出去時，我突然覺得如果再回這店，即便只離開幾分鐘，裡面的模樣也會改變。變成七彩綜藝。換了新的吧台，戴假髮，全副化妝，穿乾洗過的衣裳。

我走出去，坐到附近的長椅。厄羅尼斯來維吉尼亞海灘做什麼？我對他了解雖少，也確知必定是任務在身。不過，他可能也有相同懷疑。我搭巴士來到里奇蒙，純是懷舊的一時興起，想看曾和弟弟陶德並肩佇立的詹姆斯河。那時陶德聊到愛倫坡與他最喜歡的球員羅伯托．克萊門特（Roberto Clemente）。陶德貌似保羅．紐曼。同樣冰藍雙眼。同樣低調自信。什麼事你都可以信任他。長命百歲例外。

又來了幾個浪遊者，一個遛狗男人，一個老邁中國女人穿木屐厚襪，牽著拿巨大紅球的孫子。球的紅色似乎曝光過度。是流著銀血的大紅球。孩子只穿薄夾克卻不冷，水面風較強，到了棧道就減弱了。

我是在等厄羅尼斯出來嗎？他很可能早走了。他看起來疲憊萬分，不再是WOW初遇時的生猛。有些事破滅，有些事吸引他至此。或許是另一個陰謀，或許他在丹吉爾島有事待辦。我看到他踱出酒吧走向棧道，有股跟蹤他的衝動，但是太戲劇化了。我看了他幾分鐘，之後，一隻掠食海鷗轉移了我的注意力，錯過他轉彎不見的一刻。機會已失，我考慮在這兒找間房住。我有不少現金，還有信用卡、筆記本跟牙刷。遠處，一個小孩騎自行車來到我的長椅，下車。

他說：「對不起。一個叫厄羅尼斯的傢伙叫我給妳這個。」他遞了一個棕色午餐紙袋。

我抬起臉微笑：「他在哪裡？」

「不知道，他只叫我把這個交給妳。」

「謝謝。」我撈口袋找一塊錢。

我還有問題，男孩已經跳上車走了。我看著他的身影變小，像麥哲倫的船消失於地平線。嘆氣，打開紙袋，掏出一本破舊平裝本，那是《文學評論家》那一部的英譯本，上面滿滿西班牙文註解。我翻到夢見水的那一段。就是那次討論時金髮海報女郎（我們的麗茲．諾頓[4]）提到的斷行方式。閱讀此書讓我渴欲前往一個城市。一個毫不容情的城市。房屋低矮。一九四九年的墨西哥城。一九八〇年的邁阿密。我能感覺回憶的邪惡手指在矮木叢下蠢蠢欲動，就像《杯弓蛇影》裡被切掉的鋼琴家之手蠕動爬上彼得．洛的喉嚨[5]。這是陶德最愛的電影之一，思及此，勾起意外場景，生命的其他畫面。譬如陶德站在太陽下微笑，他要在腳下空地蓋房子給妻女。陶德嘴叼菸彎身撞球。我們開著沒暖氣的卡車穿越賓州，車窗起霧，大唱老歌〈我的英雄〉、〈蝴蝶〉、〈我把心賣給收垃圾的〉（I

Sold My Heart to Junkman）。我搖搖頭對自己說：此時不宜回憶。然後翻開書從頭讀起。書中的評論家似乎比街上行人更鮮活，突然間，海不再是海，而是文字的背景，這些文字串連成二十一世紀最棒的句子[6]。

再抬頭時，時光已如搭了小飛機飛走。厄羅尼斯站在幾呎外。看起來冷靜自信，毫無醉態。我走向他，略感釋負，卻也不願陷入他的迴圈。

我疲倦地說：「我只是個作家，如此而已。」

他說：「我只是相信真理的墨西哥人而已。」

我瞪他一眼，他略微尷尬不安，笑了。

「好吧。我爸是俄羅斯人，早過世了。」

「你爸叫厄羅尼斯？」

「不。唉。是的。」

我雖然一陣感傷，卻笑了。畫面浮現：一個皮夾，一隻手掏出皮夾內的照片，照片裡，女人穿暗花洋裝，男孩穿短褲，頭髮一絲不苟。厄羅尼斯的眼神顯示他知道我看到什麼。

我終於問：「為什麼去丹吉爾島？」

「厄羅尼斯托颶風過後，這島逐漸下沉，我得去補救。」

雲朵移動。快下雨了。

「妳知道全美最老建築裡有一塊木板，上面的古英文刻著：**這是丹吉爾島。它消失，我們也不存。**」

我問：「你真的看過那木板？」

他狡猾地說：「用不著看，用感覺，所有重要事物皆如此。它們自行降臨，出現在妳的夢裡。譬如，妳現在就在作夢。」

我忽地轉身。發現我們置身同一個三流簡餐店前。

「妳瞧，這不是？」奇怪，他的聲音聽起來像另一個聲音。

我脱口說：「你就是『夢汽車旅館』的招牌。」

他說：「是『夢客棧』。」消失了。

SANTA CRUZ
Dream Inn

1 原文為 who wants to know，在英文口語裡，這是略帶不悅的回答，你是誰，憑什麼想知道，除非你先告訴我你是何方大神，否則我幹嘛回答你？

2 《越戰啟示錄》開場，主角馬丁辛在旅館等待出任務，爛醉如泥，打破鏡子流血。那場是真演，不是假血。

3 美國維吉尼亞州外海的島。

4 麗茲．諾頓（Liz Norton），《2666》裡的角色。本書一開始講幾位熱中研究神祕作家阿琴波爾迪的學者，麗茲．諾頓是其中一個。此處是指金髮女郎熟悉博拉紐，一如麗茲熟悉阿琴波爾迪。

5 《杯弓蛇影》（*The Beast of Five Fingers*）是早年黑白電影。鋼琴家去世，未依承諾把遺產留給管家。管家憤而切下他的手。那隻手卻自有生命，復仇。彼得．洛（Peter Lorre）飾演管家一角。

6 《2666》出版於二〇〇四年。

尾聲

A Kind of Epilogue

他說，到頭來，世事只是故事的飼料，你我也不例外……
我則想，作夢這碼子事的麻煩呢，就是我們終究要醒來。

拳王阿里死了，然後山帝、卡斯楚、莉亞公主與她的媽媽[1]也死了。一大堆不順事發生，繼之更恐怖，未來降臨又走了，我們還在觀賞同一齣人類電影，長串的剝削即時放映於亙古既存的巨大銀幕上。令人心碎的不公不義構成生命新事實。猴年。最後一隻白犀牛死亡。波多黎各滿目瘡痍[2]。校園屠殺案。蔑視移民的語言與行動。無人聞問的加薩走廊困境。而與我近在咫尺的人又活得如何？那位堅忍的作家，刺了青的手握著世界縮小模型，他又如何了？當我往返肯塔基，我問自己，他會如何？本書初撰，我尚不知道人可以在時間往返，但是時光兀自滴答走，新發生的事來不及掌握，無可改變。我跟山姆以前常笑談此種落差：在你「即時」寫作的時刻，時間溜走了，想要抓住溜走的時間，你寫了另一本書。就像畫家波拉克對手頭的畫失去感覺，另畫一畫，到頭來，兩幅畫都掌握不住，怒踢玻璃牆。我可以告訴你，上次遇見山姆，書稿已完成，像顆小巨石放在廚房桌上，不可壓抑之物在其中，不滅光芒在其中。山姆寫，為什麼是鳥？他的妹妹附議，為什麼是鳥？沙兒半埋的手提音響傳來他們的歌曲。老人大聲問，為什麼是鳥？鳥兒撲打翅膀，列隊又分開，終至消失。我們的作品會如何？答案就鎖在這篇尾聲。提筆之初，我並不打算把它寫成尾聲，它還是變成了尾聲。赫爾墨斯龜裂的腳板在前[3]，我們除了迎頭趕上，又能如何？除了據實以告，還能有哪種佈局？山姆・薛帕的肉體無法爬上馬雅金字塔臺階、攀上聖山之脊，但是他會巧妙滑入長眠，就像死亡之城的小孩知道要衝向天堂，必須為堆積如山的屍體鋪上蠟紙。每個小孩都知道墊著蠟紙，下滑較快。我只知道山姆死了。我的弟弟死了。我的母親死了。我的父親死了。我的丈夫死了。我的貓死了。我的狗一九五七年就死了，至今如是。但是我依然揣想美好之事會發生。或許明天吧。明天以及之後的連串明天。現在，回到已經消失的時間點，我突然獨自站在維吉尼亞海灘，握著棕色紙袋，裡面是破舊的《文學評論家》。我還在思索厄羅尼斯最後一句話的荒謬真理。我的腦海輕易變出一面從粉餅掉出來的鏡子，鍍金脫落。我看著鏡子，先對一隻眼睛說，來吧，接著對游移的另一隻眼睛說，專心。你必須掌握全局。鏡子從我手中掉落地面，我能聽見山帝說，**破碎的愛，佩蒂，破碎的愛**。然後我走向距離較長的另一頭棧道，心想，沒人能得知未來，真的。但是如果我們有一個可窺視未來的望遠鏡呢？如果棧道尾有個觀景儀，讓你視線直跨二〇一七年，望進狗年呢？我們會看見什麼？從金色繩索之首到尾端，其間會呈現何種恐怖與美妙的扭轉？上下波動幾級還是幾百萬級？作者之死朋友變容耶穌的眼珠斑點火焰吞沒南加州銀頂球場屋頂崩塌人類有如千百年愚行刻成的棋子紛紛倒下祈禱者慘遭屠殺然後槍枝槍枝槍枝與槍枝。就在一個冬日下午，地圖的某個點一度是市場，三大信仰行走之地，大衛征服過、耶穌走過，穆罕默德在此飛升。現在他們羞愧看著朝聖者被驅趕、軍隊佈陣，誰知第一顆石頭何時擲出。本應中立的首都現在被內定為資本主義新堡壘[4]。橄欖該枯萎？山嶽該震撼？未來的孩子將永遠感受不到兄弟之誼？我不斷走，棧道似是無始也無終。我知道某處鐵定架了銅製觀景儀，就在海邊步道，我決心找到它，未必是望遠鏡，卻可以**眺遠**。放入銅板，就能瞧見視線不及的島嶼，一度野馬奔馳，譬如坎伯蘭島甚至丹吉爾島。我口袋滿滿銅板，決定駐守，專心眺遠，先看貨機、繼之星星，然後回首整個地球。我真能瞧見地球的圓體。我在太空，能看見一切，好像科學之神把私人眼鏡借給我。旋轉的地球逐漸高像素呈現。我可以看見它的每條河流血脈。我能瞧見病懨空氣飄晃、冷冷深海、白化的昆士蘭大珊瑚礁，鈣化的鬼蝠魟沉墜、失去生機的有機體漂浮、野馬奔騰沼澤遍佈的喬治亞州外海島嶼、北達科塔州骨場的種馬骨骸、番紅花色的成群小鹿、有印第安聖名的密西根湖大沙丘。我瞧見地球的核心，它似乎什麼也抓不住了，誠如厄羅尼斯所言，只是小如柳丁之臍的島嶼，掙扎著呼吸，我瞧見一隻大陸龜、一頭奔馳狐狸、高草裡數支生鏽舊火槍。幾個老男人爬上山，雙手合十躺在陽光下。小男孩踏踩野花。我看到古時。鈴聲敲打、花環拋扔、女人旋轉、蜜蜂跳著生命循環舞蹈、強風、滿月、金字塔崩頹、郊狼嚎叫、海水上升，聞起來像終結，又似自由的開始。我看到逝去的朋友、先生、弟弟。我看到那些被奉為先輩者爬上遠處山頭。我看到我媽及她死去的孩兒，現在她完整了。我看到山姆肯塔基家中的廚房，我與他正在討論寫作。他說，到頭來，世事只是故事的飼料，你我也不例外，只是飼料。我坐在直背木椅上，他則如以往，低頭看我，四〇年代風情的棕呢色收音機傳來〈爸爸是顆滾石〉（Papa Was a Rolling Stone）。他彎腰，撥開遮住我眼睛的頭髮。我則想，作夢這碼子事的麻煩呢，就是我們終究要醒來。

---

1 莉亞公主（Princess Leia）是《星戰大戰》裡影星嘉麗・費雪演的角色。她與母親影星黛比・雷諾（Debbie Reynolds）同逝於二〇一七年。

2 二〇一七年，颶風瑪麗亞入侵波多黎各，造成巨大傷亡損失。

3 赫爾墨斯（Hermes），神話人物，他是邊界及穿越邊界的旅行者之神，亦掌管牧羊人與牧牛人，辯論與靈舌，詩與文字，體育，重量與度量，發明與商業，他也是狡猾的小偷和騙子之神，並發明了賽跑。

4 作者此處是講耶路撒冷，它是三大信仰基督教、猶太教、伊斯蘭教聖地，川普在二〇一七年宣佈承認耶路撒冷為以色列的首都，引起極大爭議。

終話的終話

Epilogue of an Epilogue

我懇求大家。以理性克服恐懼，以耐心克服恐慌，以教育克服不確定感。

——阿布杜．夏卡威[1]

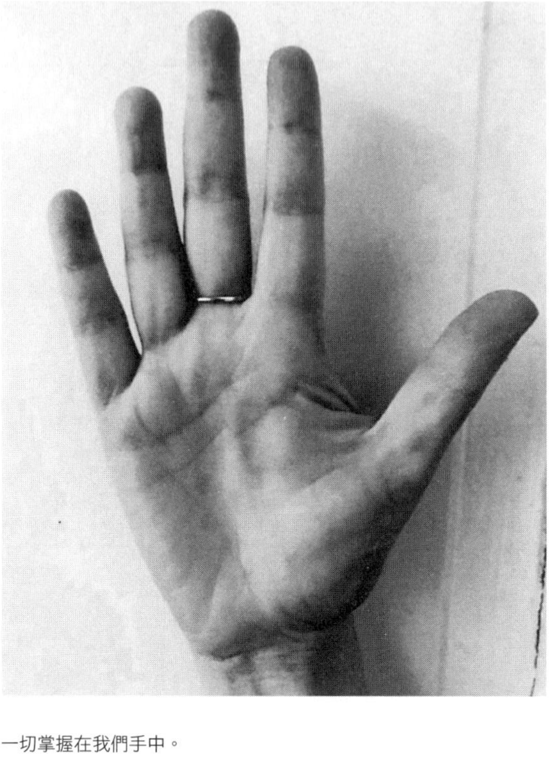

一切掌握在我們手中。

猴年早已過去，我們進入新的十年，目前為止，面臨不斷升高的挑戰，以及未必導因於生病或暈車的全面性噁心感，更像是心因性，我們有義務設法擊潰。解決之道雖可期盼，但是在高度缺乏判斷力的陰影遮蔽下，新的一年還是在個人與全球憂慮下展開了。

由於當政者精擅佯裝擁有基督徒價值觀，實則偏離「相親相愛」的核心要義，所以我們的憲法道德中心更弦異轍，日益不道德，以此迎接二〇二〇。他們對受苦者轉頭漠視，自願追隨那個對人類困境缺乏真誠反應的人。我曾期盼新的十年能有開明遠景，我想像偉大祭壇畫的兩翼在瞻禮日打開，揭露二〇二〇是「完美視界」的一年[2]。或許這期許過於天真，卻是真心感受，一如我能感覺不公不義的怒火就像揮之不去的汙點。

處於這個失衡的時代，我們扛舉心靈刨鋤，站穩立場，負重求取平衡，我們問：光明何在？審慎的正義何在？

牠是隻金甲鼠。

鼠年的畫幅

根據月亮占星學的正典，猴子需要老鼠。我不確定是哪些範圍，一說是老鼠有辦法在猴子沮喪時鼓舞牠，猴與鼠一起就滿室笑聲。當然我們講的不只是兩個物種，而是猴鼠生肖者具有的屬性。無論如何，此刻，我們進入藏曆的鐵鼠年，理應全球大城市歡慶，尤其擁有華麗唐人街的，必有盛大煙火、神聖舞獅，天空飄散彩紙，多彩裝飾懸掛。新年慶祝會以二月十日的遊行結束，那一天雪月升起[3]，遊行隊伍會有巨大充氣物、龍，以及代表本年的肖像。我為表示抽象團結，翻尋舊唱片箱，撈出佛蘭克．查帕的《熱鼠》（*Hot Rats*）專輯[4]。封面女孩從廢棄的游泳池爬出，脆弱美貌頗具維多利亞風，她是克莉絲汀小姐（Miss Christine），簡稱為GTO的「女孩一起爆衝」（Girls Together Outrageously）樂團成員。

《熱鼠》出版於一九六九年，我正和羅柏・梅爾索普同居於雀兒喜飯店[5]，經常在大廳碰到克莉絲汀小姐，聊天。她是仙氣飄飄人物，一頭蓬鬆頭髮比我的還亂，肌膚似柔毛。一九七〇年初左右，克莉絲汀小姐鼓吹我加入她的革命性樂團，雖然與我當時的就業傾向不符，我還是受寵若驚。握著她的柔荑，我覺得宛如面對小鳥——脆弱獵物。難以想像這是五十年前的事了，她的大眼睛、輕聲細語、腦袋輕偏的模樣猶在眼前，她就像海盜的漂亮女兒，永遠二十二歲。我對著封面上這位法蘭克・查帕的年輕學徒點點頭，抽出唱片，仔細檢查，發現它佈滿刮痕，像一群老鼠不斷轉圈圈留下的爪印。

唱盤直接將我轉回過往時光。我把唱片封面放在書桌，暫時遮住坦尼爾所繪的小插圖——愛麗絲與渡渡鳥聊天。插畫旁是至為親近的朋友送我的禮物，一隻直立的水晶老鼠，鍍薄金，我為牠命名「雷弟」（Ratty）。

牠將是我的鼠年吉祥物，掌管我的房間。概念運作邏輯如下：我們毫無戒心樂觀迎接鐵鼠年，因為每年都有一個指定生肖，配有專屬能力與特殊個性，其中，不可或缺的是否極泰來的信念。

歡慶畫幅

很快就會否極泰來。這是我數天前寫的話，期盼舉世歡慶新年；空氣裡已經瀰漫迎新氣息。鐵鼠是中國占星學十二生肖之首，絕對是樂觀期盼汰舊的時刻。不幸，轉折降臨，無人預期，突如其來的全球性瘟疫威脅框住鐵鼠的降臨，讓人喪志，俗話「遊行時下起大雨」，絕對是。中國鎖國在即，不知我們的街景又會是如何，我與藍尼前往唐人街，希望還能捕捉喜慶的開始，到處是傳統的閃亮碎紙，桿子插著顏色斑爛的假老鼠，

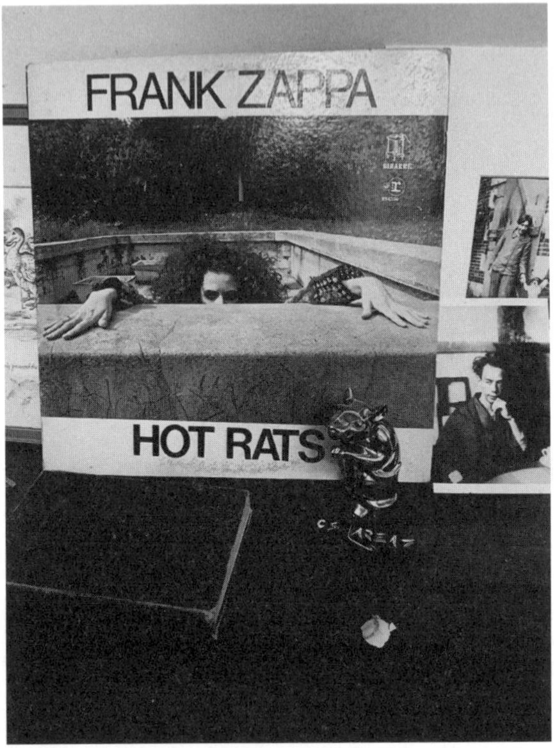

克莉絲汀小姐爬出來。（攝影：Andee Eye）

還有歡樂表徵的金、紅條綴飾。這是我們孩子氣的願望，想著擁擠的街道，停車位難尋，出乎意外，空車位很多。我們坐在「絲路咖啡」，點了一壺玄米茶，然後漫步街頭，尋找熱鬧的痕跡。

暮色甫降，街道已詭異空蕩，只有寥寥行人。除了我們最愛的「和合飯店」，餐館都空無一人，找不到第一波新年歡慶的任何跡象。我們這是「沒趕上第一個派對，第二個派對又早到」。

站在莫特街頭，噴火金龍哪裡去了？牠噴出的火焰是奔湧的祈願，在特定角度光線下，這些願望必會成真。在中國，準備歡慶年度最大派對的人前景堪憂，致命新冠病毒陰險肆虐，北京已經迅速取消所有大型活動，包括廟會。這就是可憐鐵鼠得到的歡迎，與數百萬人一起隔離。病毒恐慌日增，疫病由武漢跳船到鄰近港口，導致邊界封鎖與旅遊禁令。我們停車場的水溝躺著一個捲起的口罩。為了防止傳播，數百萬人戴上口罩，有人甚至口罩上面再加口罩。一位頗具反抗精神的市民說：「我在口罩上畫了老鼠。雖然沒法新年團圓，我還是會在午夜以氣泡水致意。」所以儘管慶祝活動被禁，人們還是會內化歡慶的傳統。帶著布勒哲爾[6]的熱情跺腳，深信世界不會因此停止運轉，只要月亮還存，就永遠有舊曆年：盛，衰，返。

開展自我的畫幅

好吧。世界亂了套。鐵鼠年前景不祥，一個人該如何挺進、慶祝？走在擁擠的城市街道，你就能看到此種矛盾思辨，因為連格林威治村的最小街道都在大興土木，挖開社區花園，準備搭建現代附屬建築，到處是廢棄物與垃圾車。騷動將老鼠趕出地下窩。沒錯，老鼠雖躲藏，卻一直存

聖尼古拉斯大教堂

在，最近由於某些珍貴街區被狠心拆除，我們真的需要斑衣吹笛人。晚間散步，我能看見成群老鼠奔竄，你爭我奪，咬碎塑膠垃圾袋，把人類的過剩浪費四散街頭，吸引膽氣較小的兄弟姊妹。想到老鼠，激起我去看威廉·布洛斯的《殲滅者！》[7]（*Exterminator*）。瞬即發現主角不滅鼠，而是殲滅卡夫卡筆下的那種大蟲。

那晚，我夢見威廉，他從破舊天鵝絨幕後走出，刻意對我說「留意丹頓這件事」。我完全摸不著頭腦，只是點點頭，夢醒，吃早餐。有些謎需要你解決，有些自行解決。有時呢，哏句出現在夢境，雖說夢可能很奸巧，充滿有趣卻誤導的線索，看似有路，卻是無路。

盤旋於腦海迷宮，我突然發現今天是二月五日，威廉的生日。我決定閱讀他的作品，掏出他題字的《酷兒》校對清樣版[8]。我前往鄰近咖啡館，點了一杯咖啡，重讀導言，動人的自白式文學。讀到威廉提及無意間槍殺了老婆瓊，才使他成為作家。回憶排山倒海而來；我頓感分離劇苦，想念他即使與我相隔遙遠兩地，依然給我溫暖支持。

接著，威廉在導言裡話鋒一轉，提到他在寫《死路之處》（*The Place of Dead Roads*）時，感覺自己與作家丹頓．韋爾奇（Denton Welch）靈魂連結。我思路頓停。他說：「**留意丹頓這件事**。」我馬上搜尋丹頓真有其人嗎？真的有，他是出生於上海的英國作家，死於一九四八年，年僅三十三，死時正是我兩歲生日。我感覺威廉出現在我的夢境邊緣，不是提供建議書單。應該還有其他。威廉下筆時召喚了丹頓，以只有他才知道的方式，將丹頓的能量灌注到作品裡。我們曾討論過這種連結，以及我們每日行經神妙如幻燈的景觀，卻從未抒之於口。我想威廉是在提醒我：我們並不是孤獨的。他有丹頓，世間也必有一人以無數劃一的小電流形式，督促我探索萬千可能性織成的網。我聽到威廉以低沉威嚴的聲音說：就在妳眼前，妳只需要換汽缸。

我低語，好的，威廉。想像自己擁有一件鐵衫，輕如織物，許我以道德甲冑。畢竟這是鼠年，而牠是狡猾的存活者。當我們謹慎眺望今年，必須將老鼠最好的屬性穿上身，維持創造熱情，鼓起勇氣面對困境，專心一志導正世事。

消失的全球退出畫幅

我再度破曉前就醒來，或許感應到雪月漸圓。但是沒雪，只有下不完的雨，雖仍是夜卻毫無夜的感覺，天空模糊，好像月亮從天下掉下來，圓白的臉貼著灰撲撲的四面天窗。壓迫傷感上身，我起身，披上夾克，走到角落。老鼠奔竄。遠處，警笛鳴響，孤獨街車穿過。二月氣溫起

像人的羊臉。

伏，像極《愛麗絲夢遊仙境》裡棋盤上紅白皇后的性情差異。毫無道理的溫雨紊亂了昆蟲與小鳥。這個時刻，沒有咖啡館營業，我暈頭脹腦回到房間。再度，雨打天窗。二月裡的四月雨。月亮雖圓卻隱於厚重夜雲後。貓在叫，牠想吃，雖然才清晨五點。我回去繼續睡，想到一個朋友到田野遛狗，瞧見上千隻燕子從鄰近樹梢降落，牠們群聚，毫不畏懼他與狂吠不止的狗。迷濛中，我遊盪到另一個場景，田野裡有巨大風車，現代金屬式，看起來更像是線條邪惡流暢漂亮的協和客機。我穿越腐植土與濕地，靠近它們，終於摸到其中一個的底座，鬆了一口氣。這好像我到了烏魯魯，親手觸摸艾爾斯岩的紅色外表。整個過程，我都在想應該趕赴某地，我已經遲到了，得加緊腳步。

週日報紙提到一個展覽——揚．范．艾克：視覺革命。集中於他極少數現存作品、〈根特祭壇畫〉的重要幾幅，以及與他同年代中世紀末大師的近百幅作品。祭壇畫的重心、新近修復好的〈神祕羔羊之愛〉會在聖巴夫大教堂的展覽室短暫展出。我屏住呼吸。H・詹姆斯・韋爾（H. James Weal）的巨著《休伯特與揚・范・艾克：生平與作品》（*Hubert and Jan Van Eyck: Their Life and Work*）躺在我的工作桌案頭。這書純是偵探文學，記述這對隱密兄弟的作品點滴證據。我經常想到這對兄弟，一度感覺置身他們的世界，近到觸手可及，返回自身世界，袖口還留有顏料漬。這種心靈傳輸議題，威廉・布洛斯與他的第三心智夥伴布萊翁・蓋辛[9]也很熟悉，我們經常討論它的無窮可能性。

突然，**神祕羔羊**進入大眾意識。九幅修復的祭壇畫會在春天重組，放在聖巴夫大教堂新闢一區，基於保存理由，將鎖在玻璃牆後，成為囚犯。我無限豔羨那些修復者，他們拿著畫刀、顯微放大鏡，與畫家的手作近距離接觸。我在想如果沉入夠深，他們會不會跟我一樣，被傳輸回去畫家的畫室，參與他們的創作過程，甚至看到范・艾克兄弟用來臨摹的山羊被牽進來。

公認，那隻山羊最受世人矚目，因為刮掉數個世紀的重畫覆蓋，修復者揭露了牠的真實面貌。想像最後一道變色的保護光油去除，看到羔羊以全新的臉瞪視觀者——一張像人的羊臉。我既亢奮又絕望，欲望瘋狂驅使我，非得親自去看不可。我查查行事曆，發現我的確有五天的空檔，足夠此旅。遺憾我不能像畢凱艦長一樣[10]，自己分解傳輸到瓦西堤星，但是我也可快如閃電。我把現成的累積里程數換成前往布魯塞爾的機票，打點了少數行李，安排人幫我餵貓，以及送我前往根特的司機。就這樣，我雖然一時無由顫抖，還是再度啟程了。

想要的皆在這裡。

小證據的畫幅

我的小行李箱在海關被抽中做擦拭檢驗。我似乎經常被抽中檢查。按下嘲諷的心情，維持幽默感，確信這是鐵鼠王子趕來救援。海洋的另一邊，我的司機正等接機。他說一口完美英語，滔滔描述自己的諸多生意，包括小型甜食工廠，以軟糖出名。

他驕傲地說：「不是小熊軟糖，是全新產品，小車軟糖。來，試試看。」他堅持給我一包珠寶彩色、形狀為福斯金龜車的小車軟糖。

車全速前往根特，我說：「比利時是個有趣國家。充滿祕密。」

他尖酸回應：「但是我們無政府，我們的民主被棄置一旁。」

我想到美國民主的瓦解，不禁沉默。撫平我內心的盔甲，誓言未來數天，不容許任何事情摧毀我的旅人心。在根特度過情人節。未來三天的任務是沉浸於范．艾克兄弟總總，希望能擊潰近來與我纏鬥的不安疲乏。我們在旅館前分手。這兒距離神祕羔羊棲身的聖巴夫大教堂僅一公里遠。

早餐室明亮友善。我喝了一杯黑咖啡搭配白香腸、李子與棕麵包，參考了手繪地圖，便出發了。

過橋，我站在大天使米迦勒前，它高踞如戰士風標。十年前，我曾與妹妹琳達站在同樣地點注視大教堂全景，她深深著迷於光線，拍了水面照片。當時我和導演杰姆．柯恩（Jem Cohen）在此工作，空檔，琳達陪我衝去看祭壇畫，聖巴夫大教堂已經快關門，太暗，我看不清神祕羔羊，但有幾個小燈泡照明祭壇畫的內幅。我繞祭壇畫走，碰了厚重的橡木框。琳達幫我把風，我在昏暗光線下拍了一張拍立得，是〈天使報喜〉裡的年輕瑪利亞。我連忙把這個違禁品偷塞到口袋，走出教堂時，感覺整個人變了，好像身揣顯赫祕密的小賊。

在那次短暫接觸裡，我感受的強烈連結與宗教無關，而是近乎感受到畫家的形體。我感覺到他的高度專注，有如稜鏡的銳利注視。我發誓總有一天要回來，始終沒有。只是沉浸於有關書籍、一張昏暗的拍立得，以及存在於我細胞內的回憶國度，向數百年前呼喚，偶爾也會得到回應。回到根特，我並未直奔最想去的地方，而是慢慢行進，感受步伐將帶我去到那裡。

聖尼可拉斯大教堂通往主祭壇的走道佇立真人大小的聖人像。手中各持代表命運或職業的象徵：鑰匙、書本、算數工具，甚至金鋸。我坐在聖祿茂雕像幾呎外的長椅，它手中揮舞一把奇怪的現代廚房刀。光線從高處彩色窗戶傾倒而下；我感覺溫暖庇護，一整個上午都在寫作。

孩童奔過羅馬石道路，腰間彩帶隨風飄，後面跟著彩色風箏的長尾巴。我想：這是人形風箏。他們飛向天際，無視母親的哭泣。奔向迎面而

來、色澤如玫瑰與少女粉紅臉頰的濃霧，沒入仁慈的夜，是的，真的走了。羅蘭鐘[11]敲了又敲，無人穿上戰服，人人哭泣，因為任何武器與武力都無法遏阻瘟疫肆虐。銷牌[12]已燒，無人可阻止。大教堂擠滿人，許多信徒趴在磁磚地板上，雙手外張。碎片似雪飄落我的身上，來自時間是唯一贏家的崩頹牌局，它快速奔流，我被擲入另一個現刻。那個世界畏懼瘟疫以及大戰欲來的氣息。一切只是個局，大自然在這個局裡就算是輸家，也會贏，因為只要生命之泉仍在，一切都好，火焰仍在，偏離的只有光線。

我祈禱，並為我們所愛的孩童以及永遠無緣相識的人點了蠟燭。離去前，我看到一個雕塑躲在精心雕刻的講道壇後。那是畫家精緻的手，握著鵝毛筆，筆尖停住，打算描繪，又像要開始寫作。我想到威廉的手，感覺到溫柔的聯繫。

在根特，我的步履變輕盈了，筆下流暢了，旅人心讓我更能感受世界有許多密室。鐘聲敲響：**我是羅蘭**。開始飄細雨，我急忙踏上鵝卵石路回旅館。突然想到數世紀的信徒、商旅，以及我幻象所見的孩子，都是踏著同樣的石頭，前往我剛剛寫作的大教堂。整個下午都在下雨，我昏昏欲睡。喝了一杯卡夫曼俄國伏特加，搭配輕食，早早上床，電視上播放的《犯罪現場：邁阿密》雖然配上佛蘭德語，依然有跟數羊跳過霧籬的相同催眠效果。

週六上午，陽光燦爛。我約了星期日晚間在聖巴夫大教堂獨自觀賞〈神祕羔羊之愛〉，還是決定先跟大眾一起看一次。大家沉默列隊典藏祭壇畫的小空間。數個世紀反覆塗抹的保護光油與重畫色澤已黯，透過如外科手術的準確去除，揭露遠處的樹與金塔尖。我們看到天使合唱、眼神敬慕的老百姓、跪地處子的袍服光彩褶痕，以及施洗者約翰的血紅長袍。原畫充滿春天強烈色彩，野花自由點綴綠色田野。站在檯上的是堅忍羔羊，犧牲的象徵，牠的血流進盟約之杯。上方是化身鴿子的聖靈，愛之光芒普照所有人。

星期日上午，天色變暗，強襲英國的暴風雨尾巴逼近此處。我從雷曼街前往聖米迦勒橋，經過聖尼可拉斯大教堂、古老的貝福街，以及珍稀古幣店，想像十五世紀旅人口袋叮噹響。往右轉，穿過電車道，我找到放置范・艾克兄弟紀念碑的小公園，雕塑上方是起重機，好像建築工程隨著我從紐約一路到此。雖然公園關閉，透過擋旋風圍籬，我仍可看到這對兄弟。休伯特手上拿書，揚拿著調色盤，鎮民帶著桂冠迎接他們，感激他們創造了不朽名作，從中世紀到裂解的未來，不斷彰顯本鎮的重要性。

風勢加強，可能要下雨。我繞行整座大教堂，尋找任何正在更新的小角落。我突然想到某個藝術家，她以無意尋獲的金屬片製作面具，現在我的腳下就有一個金屬長片，正適合她的需要。之後，我想像木匠在另一個

范・艾克兄弟並肩而坐

時代可能使用的釘子，眼前就出現了一個老舊釘子。想到唐人街的慶祝彩紙，就碰到一叢蓬亂的樹纏著褪色彩帶。經過一大疊紅磚，我摸不到，便渴望有塊粉筆供我寫作，轉個彎，果然瞧見一個，旁邊還有類似平板的小石塊，好像我只要夢想就可成真。天黑了，風兒強颳，我帶著興奮心加快腳步，口袋滿載寶貝。

稍晚，頂著大雨，我跟博物館的人員碰頭，意氣相投，可以自由近觀揚・范・艾克的作品，注意到他對後世的強大影響。我站在大天使加百利的畫幅前，他的翅膀色如剖開的非洲無花果，他的對面是瑪利亞，光芒籠罩袍服褶痕。我低頭為妹妹祈福。今天是二月十六日，她的生日，十年前，我們在此祕密探險，留下一張略微失焦、我卻會永遠珍惜的拍立得，今日，我與那畫幅在此重逢。

而那些天降之物似雪，構成冬日風景。一節紅粉筆、一顆栗子、一塊生鏽鐵片、一根釘子、一個像古代石板的平石，我在那段時間裡巧遇多少神祕。儘管它們不足比擬我見到的偉大巨作，卻賜我全新滿足。我將它們小心收到乾淨的塑膠袋，謹慎一如警方處理物證，因為它們證明我能體悟微物也有其價值。

消失的全球入境畫幅

飛機上，我看電影《2001太空漫遊》，在猿猴伸手觸碰巨石前開始意識渙散，泰半飛行時間都在睡覺，夢見失竊的〈公正的士師〉（Righteous Judges）畫幅漂浮在波羅的海[13]，裝在黑色屍袋裡。狂喜的群眾大喊：找到了！不幸，一個繁複的法庭場景判決這畫幅必須永遠待在屍袋裡，拉上拉鍊，以防未來世界的塵土肆虐腐損。後續還有爭論，尚無結論，我就被拍肩膀叫醒。我緊緊安全帶，當飛機盤旋紐華克機場，我匆匆將夢寫在餐巾紙上，出關清口袋時又不小心扔進垃圾桶。

這趟短暫之旅提醒我宇宙裡自有宇宙，一個運轉流暢的社會能體會枝微小事的價值，它們是命運提供引導你跨越無形障礙重重的道路。排隊時，我收到訊息，我的全球入境申請被駁回，因為我是紐約居民。這是當前政府對一個州的懲罰，而這個州至少還願意對無家可歸者寄予同情與些許庇護。

決斷祖母綠畫幅

科學家絕望尋找疫苗，至少刻意讓兩千五百隻獼猴染上致命新冠病毒株。這些獼猴被歸類為「實驗室猴子」，好像牠們是獨立物種，純為服務

世間必然有神。

人類存在。病懨懨的面容一點不像主宰二〇一六年月曆的歡快淘氣猴子。就算奉上生氣蓬勃的老鼠畫幅，能為牠們打氣嗎？總有一天，我們必須為牠們的犧牲受審，因為牠們從未同意如此。牠們在鐵籠後眼神哀傷，狐疑自己的下場會如何，我們也一樣。我努力將這畫面趕出腦海。

企圖「即時」寫作，以偏移、逃避或減緩「即時」的失效，純屬無用，卻未必一無所獲。即便在撰寫〈終話的終話〉此刻，我也充份意識你們讀到此文時，我筆下的那個時刻已經化為烏有。但是一如往常，我無法遏制書寫的欲望，無論它有無終極目的地，我還是會回家，坐在屬於我父親的書桌前，編織事實、虛構、夢境、熱望，謄寫我書寫的東西。

我突然領悟多數時候，我能跟山姆討論此事，真是福氣啊。我們經常哀嘆不知寫作何用，卻始終深陷糾纏不止的寫作欲。我們是人形救生圈，支撐彼此的工作，儘管茫然行走世間卻企圖保有靈性，才是他最艱困的奮鬥。

現在，我只剩自己，卻仍能與山姆對話，就像許多我深愛的靈魂，根本沒死亡。我永遠可以重探以往的深夜對談，他從肯塔基打電話給我，從平底船旅行到如何排遣寂寞，無所不談。我們常探討作者致力描述無法分類之事，卻被迫為自己的作品貼上「虛構」或者「非虛構」標籤。我們期許寫出面向獨特之書，獨特到你無法區分虛構或非虛構。

結束電話聊天前，我往往懇求他再說一次柯爾特斯與「決斷祖母綠」（Emerald of Judgement）的故事，偶爾他尚未說完故事，我就陷入睡眠，電話還握在手裡。這故事始於蒙特蘇馬致贈禮物給柯爾特斯，一顆大如手掌、色如海洋、最起碼九百克拉重的祖母綠，串在皮繩上，長方形，像篆刻神聖律法的方石。據說那塊祖母綠有神祕特質，可協助蒙特蘇馬決斷事務。[14]

山姆的故事版本永遠在變，與歷史大相逕庭，現在，在我的回憶裡更形碎裂，好像不斷變化的電影預告片。我能將山姆故事裡某些畫面投射到巨大三聯畫的畫幅上。中間那幅勾勒無情的探險家面臨深淵，一隻手朝下伸，肥大的手腕處是皮繩，祖母綠嵌進他緊握的拳頭。兩邊側幅是翻騰海水，畫家透納筆下那種如戰雲翻滾的海浪。

甲板上的柯爾特斯被拋入風暴。大自然好奇望著他。這傢伙簡直沒腦。他要為這寶石而死嗎？這東西不能吃也不能喝，為何如此熱切挽救它？沸騰的大海把他吐回去，他獲救了，緊緊握住他的獎品。但是到頭來，他什麼也沒得到，未能掌握寶石的超凡價值，就像納粹擁有謠傳刺穿耶穌側腹的矛，它擁有神聖特質，納粹卻也一無所獲[15]。因為這樣的東西自有其密碼，黃金天秤必須先偏向「善」的那邊才有效。蒙特蘇馬堅信「決斷祖母綠」有神諭之能，即便它堅持默默，你以慈善心祈求，也必得知：世間須先有善，世人才能獲勝。

補遺畫幅

清晨四點，我被街頭男子重複的憤怒哭號吵醒。從窗戶，我能眺望和平寶塔，雲兒拖過瘀青色天空，揭露一抹明亮滿月。警笛聲歇止，我依然聽見他的聲音，半狼半人的嚎叫。新聞跑馬燈顯示：全義大利進入隔離，鎖國。我想像有金色濃縮咖啡機的咖啡館、博物館、劇院、蜿蜒街道都因一紙命令封閉。我想到米蘭，想到聖瑪利亞感恩修道院牆上有達文西的〈最後的晚餐〉，它的光耀殘餘像幽靈守護這個陷入驚恐的拉丁省份。我想像這些地方門扉深鎖，靜待病毒如野蠻人入侵。在災難性策略大戰審慎戒懼的時刻，我要在此跟你們道別。

傑瑞・賈西亞，西菲爾莫爾

我在「西菲爾莫爾」的演員休息室闔上我的日記。這本書的故事始於此，我在這裡度過六十九歲生日，迎接猴年來臨。在充滿歷史意義的走道與團員會合，駐足傑瑞・賈西亞笑臉照片高懸的壁龕前，然後爬上舞台，冀盼我們的歡樂演出能提供某種集體喜悅。

紐約・根特・舊金山

---

1 阿布杜・夏卡威（Abdu Sharkawy），加拿大疫病學者。

2 作者此處是雙關語，二〇二〇年也是20/20 完美視力的意思。

3 雪月（Snow Moon）是二月的月圓日。

4 法蘭克・查帕（Frank Zappa），美國前衛搖滾樂手。

5 雀兒喜飯店（Chelsea Hotel），紐約著名地標，許多搖滾名人與文人如Janis Joplin、Bob Dylan、Leonard Cohen、Joni Mitchell、Patti Smith、Iggy Pop、William

Burroughs、Jack Kerouac 都曾是長期房客。

6 布勒哲爾（Pieter Bruegel de Oude），文藝復興時期畫家，擅長勾勒農村生活。

7 威廉．布洛斯（William Burroughs），美國垮世代文學大師。

8《酷兒》（*Queer*）是威廉．布洛斯一九五二年的作品，自傳性質的小說，直到一九八五年才出版。

9 布萊翁．蓋辛（Brion Gysin），畫家、小說家，以切割藝術（cut up）聞名，曾與布洛斯合寫《第三心智》（*The Third Mind*）一書。

10 畢凱艦長（Captain Picard），《星戰爭霸戰》（*Star Trek*）劇集裡的太空艦長。

11 羅蘭鐘（Roland Bell）是根特鐘樓的主鐘，用於報時也用於警報。

12 原文為 burning card。德州撲克裡，重新發牌前，必須挑出一張牌銷掉（放到一旁），以防玩家猜牌，這叫銷牌（burn card）。作者是比喻「此局已開始，無力可扭轉」。

13〈公正的士師〉是〈根特祭壇畫〉的一幅，一九三四年失竊，至今未尋回。

14 這個故事的主角柯爾特斯（Hernán Cortés）是西班牙殖民者，摧毀了阿茲塔克帝國。蒙特蘇馬（Moctezuma II）是當時的阿茲塔克國王。

15 作者此處說的是希望之矛，據說擁有此矛者能讓方圓一百二十尺內的人臣服。

文學森林 LF0128

如夢的一年

Year of the Monkey

作者

佩蒂・史密斯

集作家、表演家、音樂家、視覺藝術家於一身。佩蒂・史密斯的創作天份首先展露於一九七〇年代她將詩作與搖滾樂作革命性的結合。一九七五年，她推出首張專輯《群馬》（*Horses*），這張唱片爾後成為樂壇百大不朽經典。該專輯的封面就是羅柏・梅普索普拍攝的佩蒂，身穿白襯衫掛著黑領帶，叛逆且新穎的形象，影響後世。

史密斯將垮世代的詩歌和實驗性搖滾樂結合，被譽為「龐克搖滾桂冠詩人」和「龐克教母」。她將十九世紀法國作詩法介紹給美國十幾歲的年輕人，同時她中性的公眾形象和非女性的語言風格都走在時代前端，引領創作風潮。

二〇〇五年，法國文化部頒發藝術終生成就獎給她。二〇〇四年，《滾石雜誌》頒布的百位搖滾重要人物名單中，將史密斯列為第47位。二〇〇七年，她入列搖滾名人堂，還獲得兩項葛萊美獎提名。二〇一〇年，她的自傳作品《只是孩子》榮獲美國國家書卷獎。二〇一五年，她再以《時光列車》登上全美年度好書金榜。

譯者

何穎怡

政治大學新聞研究所畢，美國威斯康辛大學比較婦女學研究，現專職翻譯。譯有《在路上》、《裸體午餐》、《阿宅正傳》、《時間裡的癡人》、《行過地獄之路》等。

書封攝影 Barre (skills) Duryea
書封設計 Bianco Tsai
內頁攝影 佩蒂・史密斯（除第111及184頁為公版照片）
責任編輯 詹修蘋
行銷企劃 楊若榆、李岱樺
版權負責 李佳翰
副總編輯 梁心愉

初版一刷 二〇二〇年六月一日
初版二刷 二〇二〇年七月九日
定價 新台幣三四〇元

ThinKingDom 新經典文化
發行人 葉美瑤
出版 新經典圖文傳播有限公司
地址 10045臺北市中正區重慶南路一段五七號十一樓之四
電話 886-2-2331-1830 傳真 886-2-2331-1831
讀者服務信箱 thinkingdomtw@gmail.com
Facebook粉絲專頁 新經典文化 ThinKingDom

總經銷 高寶書版集團
地址 11493臺北市內湖區洲子街八八號三樓
電話 886-2-2799-2788 傳真 886-2-2799-0909
海外總經銷 時報文化出版企業股份有限公司
地址 桃園市龜山區萬壽路二段三五一號
電話 886-2-2306-6842 傳真 886-2-2304-9301

如夢的一年 / 佩蒂·史密斯（Patti Smith）著；何穎怡譯. -- 初版. -- 臺北市：新經典圖文傳播，2020.06
288面；13×20公分. --（文學森林；LF0128）
譯自：Year of the monkey
ISBN 978-986-98621-8-9（平裝）

874.6 109006509